在這樣的雨天 是枝裕和

圍繞
是枝裕和的
《真實》二三事

在這樣的雨天

圍繞是枝裕和的《真實》二三事

是枝裕和

與伊森．霍克在聖路易島散步。

尋找主角家時看的房子。白牆藍窗，美好的配色。

帶著愛犬傑克（柴犬）的凱薩琳．丹妮芙。

在法國的家裡，小狗基本上都是放養。

丹妮芙拍攝時必問：「這場戲可以抽菸嗎？」

丹妮芙笑說：「我不會穿豹紋大衣配豹紋鞋喔。」

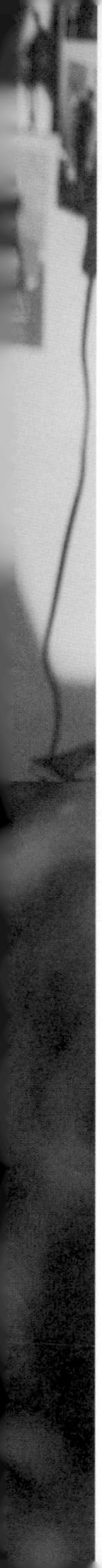

茱麗葉．畢諾許是我拍攝這部作品的契機。

也是導演的伊森．霍克在現場令我十分放心。

飾演畢諾許與伊森女兒的克萊門汀。

克萊門汀試裝時的第一句話是：
「不要剪頭髮喔。」

曼儂．柯莉薇（Manon Clavel），首次參與劇情長片。決定由曼儂．柯莉薇出演的關鍵是她充滿魅力的沙啞嗓音。

測試底片時的曼儂與畢諾許。

飾演安娜的露迪芬·莎妮（Ludivine Sagnier）由導演親自商請。

在法國，7歲的小孩子一天最多只能拍攝4小時。

在這樣的雨天：圍繞是枝裕和的《真實》二三事

目錄

序

本書書名《在這樣的雨天》是我從前寫到一半、未完成的劇本。原本是為了二〇〇三年底在ＰＡＲＣＯ劇場上演而準備的舞臺劇。當時我任性地提出請求，參觀了ＰＡＲＣＯ劇場的後臺和三谷幸喜導演※的舞臺排練，可惜，計畫最終沒有實現。

《在這樣的雨天》敘述的是一名遲暮之年的女演員面對演藝生涯晚期的故事，舞臺背景只圍繞在戲劇上演前與上演完畢的後臺休息室。

主角在休息室化妝時喃喃低語：「在這樣的雨天會有人來看戲嗎……」我把這句臺詞做為這齣戲的戲名。

舞臺劇導演是電視劇出身，同臺演出者是偶像藝人。儘管如此，如今的女演

三谷幸喜

三谷幸喜（一九六一～），編劇、演員、舞臺劇導演、電影導演，生於日本東京都。一九八三年就讀大學時創立了「東京陽光男孩」劇團，該劇團於一九九四年公演後進入充電期。以編劇身分為多部電視劇執筆，編有電視劇《奇蹟餐廳》、《古畑任三郎》；舞臺劇《十二個溫柔的日本人》、《樂池！》；執導電影《心情直播，不ＮＧ》、《有頂天大飯店》、《清須會議》等多部代表作，持續活躍於各個領域。

員若不指望這個小丫頭的人氣，已無法令劇場座無虛席。女演員本人也明白這個事實，因為明白，所以將氣發洩在長年照顧自己生活的經紀人身上。

演出的劇碼是瑞蒙．卡佛的《大教堂※》，故事主題是同性間的友情。然而，對於一個朋友都沒有的女演員而言，她完全無法理解這個故事。平常，只要公演開始一週後女演員便會收到一封信，信裡記有對她表演鉅細靡遺的建議。但這次不知什麼原因卻沒有收到，這件事也令女演員焦慮不已。寫信的人是誰？難道是過去照顧自己的那位電影導演？還是交往過的那個演員？直到終場演出的那天，信依舊沒來。當表演結束，女演員坐在休息室裡時，一名老太太來訪。原來，寫信的人是老太太的丈夫，過去在劇場寄物櫃檯工作。老太太是女演員的戲迷，與丈夫一起觀戲後，由丈夫為她代筆寫信，而她的丈夫在首演前一天嚥下了最後一口氣。

女人間的友情由此萌芽。

女演員心想，啊……再一天，要是戲劇上演日還有一天的話，她就能演得再更好些了……女演員與老太太相伴走出劇場，消失在雨滴化為雪花的街道盡

瑞蒙．卡佛的《大教堂》

瑞蒙．卡佛，Raymond Carver（一九三八～一九八八），小說家，詩人，生於美國俄勒崗州。短篇小說家，小說內容雖非波瀾壯闊卻韻味深長。其作品在日本幾乎皆由村上春樹擔當翻譯，在介紹日本人認識這位小說家方面，村上春樹居功厥偉。《大教堂》為一九八三年瑞蒙．卡佛於美國出版的短篇集，日文有《大教堂（村上春樹翻譯叢書）》等版本。

頭——

就是這樣一個故事。

我心目中演出女演員的人是若尾文子※，寄物櫃檯負責人的妻子是希林※。

之後，十五年過去，這部劇本在名字、舞臺和演員都改變下，重獲新生。本書便是跟著這段創作誕生過程的部分紀錄。

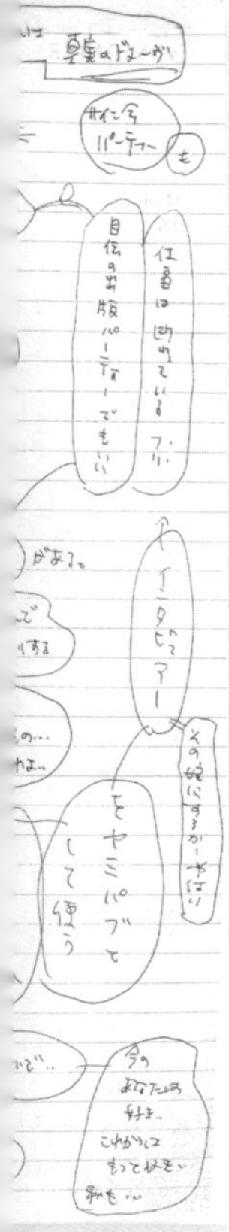

若尾文子

若尾文子（一九三三～），演員，生於日本東京。出道作為《逃離死城（死の街を脱れて）》（一九五二）。因《十代性典（十代の性典）》（一九五三）開始一系列的「性典電影」成為人氣女星。其後更於溝口健二、小津安二郎、市川崑、川島雄三、增村保造等大導演手中一步步攀上實力派演員的顛峰。拍有《赤線地帶》、《少爺》、《斯文禽獸（しとやかな獸）》、《瘋癲老人日記》、《卍》、《華岡青洲之妻》等多部代表作。

希林

樹木希林（一九四三～二〇一八），演員，生於日本東京都。六〇年代以藝名悠木千帆展開演藝生涯，一九六四年於電視劇《七個孫子》中擔任固定班底，受到注目。一九六六年的《殿方御用心》為其電影處女作。一九七七年將藝名改為樹木希林，不只活躍於電視劇、電影，

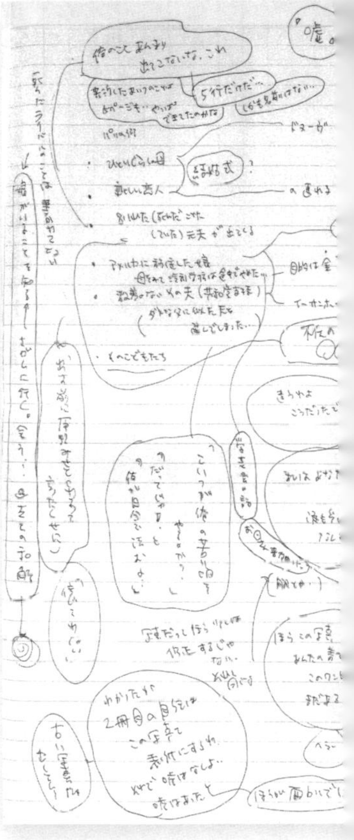

最初在飛機上寫的筆記

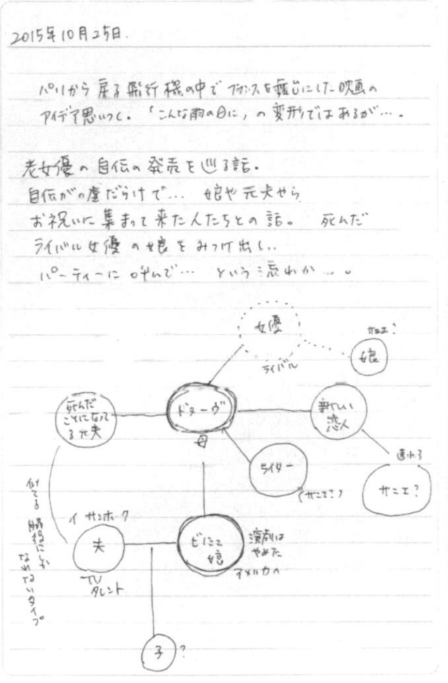

整理好的人物關係圖

甚至廣告都可以看見其令人印象深刻的個性派表現。主要電影作品有《醉漢博士續集（続・酔いどれ博士）》、《鰻魚、鸚鵡與海狗（ワニと鸚鵡とおっとせい）》、《半自白》、《東京鐵塔：老媽和我，有時還有老爸》、《我的母親手記》、《戀戀銅鑼燒》等，也演出《橫山家之味》、《我的意外爸爸》、《海街日記》、《比海還深》、《小偷家族》等多部是枝裕和導演作品。

2018／8／23

由於聽說住院中的希林狀況不太好，我決定中斷《真實》的前製作業，閃電回國。我將在飛機上寫的信投到希林家的信箱，只待了一晚便馬上返回巴黎。晚上九點半回到戴高樂機場，檢查E-mail後發現我不在的這兩天，原本預計要當老牌演員女主角（由凱薩琳※飾演）家的房子拒絕拍攝，劇組通知我想重新勘景※。三月勘景拜訪那棟房子時，我一眼就愛上了它那面向中庭、宛如圓形陽臺的空間，打算以那裡為電影開場序幕，上週才剛寫好劇本定稿的。在距離十月四日開鏡只有七週的這個時間點，有將近七成內容要在那裡拍攝的房子化為烏有，實在是「不可能」的危機。

我從去年二〇一七年九月起，距離開鏡※一年多前便到處在看巴黎郊外的房子，順便當做劇本場勘※。我最初想像的畫面，是《日落大道※》裡葛洛麗亞・史萬

凱薩琳
凱薩琳・丹妮芙，Catherine Deneuve（一九四三～），演員，生於法國巴黎。十幾歲起便踏入影壇，以《罪惡與美德（Le Vice et la Vertu）》（一九六二）一片獲得注目，歌舞片《秋水伊人》（一九六四）受到全世界的歡迎。其他還有《柳媚花嬌》、《青樓怨婦》、《特莉絲坦娜》、《印度支那》、《五克拉愛情》、《在黑暗中漫舞》等眾多代表作。

勘景
location scouting，需要在攝影棚外拍攝時，事先尋找符合導演想像或是場景需求條件的場地。

開鏡
電影的前製作業皆已備妥，開始拍攝。

劇本場勘
寫劇本前，事先前往故事背景的場所調查、取材，讓想像的畫面更飽

森※所飾演的過氣女星——諾瑪・黛絲蒙※居住的那棟豪宅。

我將場勘範圍延伸到巴黎郊外，列了幾個名單提給凱薩琳看，她卻一口回絕：「那裡不是巴黎。」、「我不想離開巴黎。」

「我不認為這個主角會離開巴黎住在那種鄉下地方。因為她又沒息影，還繼續在拍電影吧？」凱薩琳語帶說服力，提出煞有其事的理由，令我完全無法說出：「妳只是覺得移動很麻煩吧？」「那麼遠的地方，早上路會很塞，要花一個小時以上的車程，加上我中午前動不了身，這樣一來抵達拍攝現場就會超過一點了喔？」

沒錯，一旦她繼續追擊，我也不太有勇氣堅持己見了。若是那樣的話，晚秋時節的巴黎日照時間一天比一天短，無論如何都不可能拍攝日景，現在必須改變思考模式。然而，問題是凱薩琳所認為的「巴黎」範圍非常狹隘。「我們攝影棚決定在巴黎的Epinay了。」「是老攝影棚吧?我也有幾部片是在那裡拍的，不過那裡不是巴黎喔。」

滿，並掌握該地的實際狀況。

《日落大道》
一九五〇年，美國出品。導演：比利・懷德（Billy Wilder）；主演：葛洛麗亞・史萬森、威廉・荷頓。以好萊塢巨星豪宅林立的日落大道為故事背景，主人公是忘不了昔日榮光的過氣女星諾瑪・黛絲蒙，與野心勃勃的落魄編劇喬・吉爾斯，描繪了一齣偶然相遇下所帶來的悲劇。

葛洛麗亞・史萬森
葛洛麗亞・史萬森，Gloria Swanson（一八九七～一九八三），演員，生於美國芝加哥。一九一五年影壇出道，默片時代的代表性巨星。息影後以《日落大道》回歸大銀幕，以與自身經歷重疊的諾瑪一角，榮獲金球獎劇情類最佳女主角。

一眼就愛上的陽臺。

諾瑪・黛絲蒙

《日落大道》的女主角，默片時代遠近馳名的重量級女星，如今雖然遭到人們遺忘，卻幻想著只要自己有心，便能回到一線演員的地位。諾瑪居住的宅邸豪華卻荒敗，與侍候她的老僕人共同代表了時間停留在過去的印象。

凱薩琳所認為的巴黎，大概是她自家所在的第六區，到愛犬傑克（柴犬）散步行走的半徑五十公尺以內吧。但現在要在這麼狹窄的區域裡，找到願意空出來讓我們拍攝將近兩個月的大宅邸實在是天方夜譚。

（這下該怎麼辦呢？）

就在我等待行李出來時，收到了也哉子※的E-mail。

住院中的希林無法說話，必須靠筆談，據說，似乎是夢見我去病房了。但與其說我是去探病，更像是為了拍攝丹妮芙和她的戲去勘景，看那間醫院是否適合，一進到病房便倒在沙發上睡著了。雖然無法直接見到希林，但能像這樣在夢中與她相會，勉強回國一趟果然是對的吧。因為希林希望他們將我送的那封信唸出來，也哉子便在枕畔為她讀信。那原本是封只想傳達給本人的告別信，卻讓家人看到，令我感到十分抱歉。儘管如此，想像著兩人在病房裡的模樣，我忍不住落下幾滴眼淚。

也哉子
內田也哉子（一九七六～），散文作家、演員、歌手，生於日本東京都。父親為內田裕也（音樂人、演員），母親為樹木希林，丈夫是演員本木雅弘。電影處女作為《小辛巴達 小小冒險家（リトル・シンドバッド 小さな冒険者たち）》，在《東京鐵塔：老媽和我，有時還有老爸》、《我的母親手記》中，飾演樹木希林角色的年輕時代。

回到飯店，洗了個澡，久違地泡在浴缸裡。泡完澡，配上一杯事先冰起來的檸檬水，如果這是啤酒的話就有模有樣了。檸檬水是我在距離飯店步行一分鐘的BIO超市※買的，好好喝，明天去買個一打吧。這天晚上，由於第一季結尾實在太吊人胃口，令人十分在意，因此我看了《越獄風雲※2》的第一集。這次伊森．霍克※的角色設定是個大器晚成的演員，在美國越獄影集中演出「開洞史丹」一角而走紅，是個必須再多深入挖掘的角色。

五月參加完坎城影展※後（得到最棒的結果），為了直接商請伊森．霍克參與演出，我沒有馬上回國而是飛往紐約。若是中間透過經紀人交涉，我便不知道他本人對於這部電影、這個角色是否有興趣。製片妙莉葉※從一開始就對從美國找演員興致缺缺，不停表示：「真的要他嗎？不能用歐洲演員嗎？女兒為什麼不可以住在英國？」雖然以製片而言考量到經費等問題，這是恰當的發言，我卻當成耳邊風。

「如果住在英國，主角法比安（凱薩琳）不就很難嘲笑女兒了嗎？再說，住

BIO超市
Bio c' Bon，來自法國巴黎的有機超市，於歐洲有上百間的店鋪。日本一號店為二〇一六年開幕的麻布十番店。

《越獄風雲》
二〇〇五年開播後便風靡全世界的影集，由福斯電視網所製作。第一季以「弟弟為了幫助無辜入獄、遭宣判死刑的哥哥，計畫了一場越獄行動」展開故事，一直拍到第五季。在日本也與《24小時反恐任務》、《LOST檔案》並稱「三大國外影集」，享有極高人氣。

伊森．霍克
伊森．霍克，Ethan Hawke（一九七〇～）演員，小說家，電影導演，生於美國德克薩斯州。一九八五年以電影《衝向天外天》出道。二〇〇一年首度執導電影《切爾西大牆》。演員代表作為《春風化雨》、《愛在黎明破曉時》、《愛在日落巴黎時》、《愛在午夜希

太近的話，婚禮後難得的見面這個設定就沒有說服力了。」

如此堅持的我，希望這次來美國能夠設法帶回正面的答覆。

* * *

2018／5／21

比約定時間稍微晚了點的伊森．霍克來到餐廳，我起身與他握手。

「很抱歉，因為讓小孩子吃完飯睡覺後才過來，所以有點遲到。還有恭喜！這個時間點的邀請很難拒絕呢……」

我一直對金棕櫚獎※很沒有真實感，此時，第一次感受到了它的分量。

臘》、《年少時代》、《牧師的最後誘惑》等。

坎城影展

正式名稱為「坎城國際影展」，於南法坎城市舉辦的國際影展。自一九四六年起於每年五月舉行。與柏林影展、威尼斯影展並列世界三大影展。是枝裕和的作品《小偷家族》榮獲第七十一屆坎城影展主競賽單元的最高獎項——金棕櫚獎。

製片妙莉葉

妙莉葉．梅林，Muriel Merlin（一九六二～），生於法國，電影製片。主要擔任製作的電影有《情色沙漠》、《野獸邏輯》、《最後的卡蜜兒》。入圍第十屆Daniel Toscan du Plantier這份頒給法國電影製片的獎項（二〇一六年），擔任電影《真實》的製片。

由於伊森沒吃晚餐便過來了，所以他邊吃著一些牡蠣邊喝威士忌，與我開心地聊起拍攝「愛在三部曲※」和《年少時代※》時的一些事。雖然尚未正式決定演出，但他秋天有個導演朋友的電影小拍攝，十二月確定有舞臺工作。我成功引導伊森說出「正面」的答覆，說問問看朋友的電影能不能錯開，排在舞臺工作之後。伊森的手機響起。「說是孩子好像醒過來睡不著，我該回去了。」留下這句話，伊森便離開店裡。真是個美好的夜晚。

幾天後，我在巴黎收到正式答應演出的聯絡。就這樣，這個作品的「世界」一口氣清晰明亮了起來。

8／24

早上八點起床，九點拿衣服去洗，在這次住宿的飯店Maison Breguet一樓餐廳用早餐。今天的歐姆蛋很好吃，廚師換人了嗎？十點半，在同一個地點與這次

金棕櫚

坎城國際影展主競賽單元的最高獎項。除了《小偷家族》外，日本榮獲金棕櫚獎的作品還有《地獄門》、《影武者》、《楢山節考》、《鰻魚》。

「愛在三部曲」

一九九五年的美國電影《愛在黎明破曉時》、續集《愛在日落巴黎時》（二〇〇四）、《愛在午夜希臘》（二〇一三），皆由李察・林克雷特執導，伊森・霍克與茱莉蝶兒（Julie Delpy）主演。

《年少時代》

《年少時代》，二〇一四年，美國出品。導演：李察・林克雷特；主演：派翠西亞・艾奎特（Patricia Arquette）、埃拉・科爾特蘭（Ellar Coltrane）、羅蕾萊・林克雷特（Lorelei Linklater）、伊森・霍克。一部描寫六歲的少年主角在雙親離婚後，從孩子成長成青年的故事。電影實際花了十二年的時間製作，

幫忙電影配樂的Alexei Aigui※開會。我說我想要有少女迷失在動物園裡般的熱鬧感，像是那塊空間受到祝福的曲子。

今晚八點半要和茱麗葉・畢諾許※開會。我朝她那裡移動，下午重看了一遍漢內克※的《隱藏攝影機※》和奇士勞斯基※的《藍色情挑※》。

晚上，前往畢諾許家。

《藍色情挑》的配樂在電影開鏡前就已經全部完成了。導演在拍攝現場播放音樂，演員邊聽邊演。女主角在泳池裡游泳，上半身突破水面的瞬間，腦海裡響起了音樂——我問現場也是這樣嗎？她說：「對。」我問畢諾許當初是如何揣摩角色的，像是作曲家拿譜的方式、眼睛看音符的動作或姿態等等。

「我去這部電影原聲帶※的作曲家那裡取材。」

那女主角心中的哀傷是怎麼處理的呢？

「我不覺得那是哀傷，而是一種這裡（胸口）的失落感。我請丈夫過世經過兩年的女性幫我讀劇本。」

伊森・霍克飾演主角的父親。

Alexei Aigui

Alexei Aigui（一九七一～），作曲家，小提琴演奏家，生於俄羅斯莫斯科。擔任《無人知曉的測試》、《生死星球》、《我不是你的黑鬼》等電影的電影配樂。

茱麗葉・畢諾許

茱麗葉・畢諾許，Juliette Binoche（一九六四～），演員，生於法國巴黎。因電影《激情密約》（一九八五）受到矚目，以李歐・卡霍（Leos Carax）執導的《壞痞子》、《新橋戀人》奠定巨星的地位。其他代表作有《藍色情挑》、《英倫情人》、《濃情巧克力》、《愛情對白》等。取得世界三大影展的最佳女主角大滿貫。

最後一幕，女主角聽著音樂，流下了一行眼淚，之後有抹淡淡的微笑。我問她還記得劇本上寫了什麼嗎？

「那是唯一一場我被允許哭泣的戲。」

「是我建議導演希望也能拍個微笑的take※。」

「如果角色當時的情感能連結自己情感的話就哭得出來……」、「演員必須從各種面向去分析角色。」、「我認為根據時間、地點，理論也是一種有效貼近角色的方式。」

「身為一個人，露米爾這個人心裡需要（need）的是什麼？」

「是愛嗎？還是財富？我會去思考是什麼在推動故事前進，是真心話？客套話？還是環境因素……」

畢諾許說，演戲時分成這個人「表面上在追求（want）什麼？」「實際上需要（need）什麼？」這兩個面向去思考會變成很重要的一件事。這對導演也是一種很有幫助的思考方式。

我也問了她幾個一般性的問題。

漢內克
麥可．漢內克，Michael Haneke（一九四二～），電影導演，生於德國慕尼黑。九〇年代後的奧地利代表性導演。以在描繪凶殺、暴力、病態的情感中探究社會與人類的深層面的風格而聞名。代表作有《大快人心》、《鋼琴教師》、《隱藏攝影機》等。

《隱藏攝影機》
《隱藏攝影機》，二〇〇五年，法國／奧地利／德國／義大利出品。導演：麥可．漢內克；主演：丹尼爾奧圖、茱麗葉畢諾許。心理懸疑片，故事以一對夫妻收到一卷隱藏攝影機錄下的影片為開端，逐漸崩潰的家人姿態、丈夫的過去漸漸浮上檯面……榮獲坎城影展最佳導演等三項大獎。

奇士勞斯基
克里斯多夫．奇士勞斯基，Krzysztof Kieślowski（一九四一～一九九六），電影導演，生於波蘭

「高中時，我認識了一位名叫塔妮雅．巴拉修瓦（Tania Balachova）的表演老師，學習到關於身體的重要性。」

「法國的女演員都太用頭腦思考了。」

我請畢諾許舉出三位喜歡的女演員，她說如果是法國演員的話是西蒙．仙諾※、凱薩琳．丹妮芙※、珍妮．摩露※，法國以外則是安娜．麥蘭妮※、吉娜．羅蘭※、麗芙．烏曼※。我向她談及露米爾這個角色在這部電影中負責什麼樣的任務……

我表示：「希望我們能一起創造出襯托凱薩琳的舞臺。」

畢諾許和凱薩琳不知為何迄今從來沒有合作演出的經驗。雖然似乎曾在慈善活動同臺過，卻沒有演戲。

我暗中跟法國電影相關人士確認，兩人似乎不是不能同臺演出的關係（法國影壇好像有幾組這樣的禁忌）。我問：「之前怎麼會都沒有實現同臺的計畫呢？」

畢諾許笑著說：「大概是因為很麻煩吧？」、「法國人不會想到要這樣做喔。」

華沙。早年以拍攝紀錄片為主，作品深刻凝視人類的命運與不公，展現出哲學性的視角。代表作有《十誡》、《殺人影片》、《雙面薇若妮卡》、「藍白紅三部曲」等。

《藍色情挑》

《藍色情挑》，一九九三年，法國／瑞士／羅馬尼亞出品。導演：克里斯多夫．奇士勞斯基；主演：茱麗葉．畢諾許、班奈特．利郡（Benoit Regent）。「藍白紅三部曲」（另外兩部分別是《白色情迷》、《紅色情深》）的第一部。描述一名女性因一場車禍失去音樂家丈夫與最愛的女兒後，靈魂重生的故事。

＊　＊　＊

雖然這部作品開始的關鍵有好幾個，但其中最重要的，便是二〇一一年二月的CoFesta活動中，畢諾許受邀來日本，舉辦了一場三個半小時的對談，由我擔任主持人。當晚，我們在麻布的手打麵割烹餐廳用餐，隔天一同前往京都旅行。

畢諾許於是拜託我：「我們能不能一起合作個什麼作品呢？」那並不是客套話（大概）。她原本似乎有部想在京都拍攝的原創小說，但我有股強烈的心情，覺得既然要拍，就要在法國以法國的工作人員和演員試看看。

之後過了四年又九個月，來到了二〇一五年的十月二十五日。

原聲帶
soundtrack，原指電影膠卷旁的音軌，上面錄有聲音與音樂。現在一般指收錄影視作品等戲劇配樂的專輯（CD）。

take
拍攝電影時，同一個鏡頭（cut）會拍攝好幾次。每一次的拍攝稱為「鏡次」，take。

西蒙・仙諾
西蒙・仙諾，Simone Signoret（一九二一～一九八五），演員，生於德國，於法國長大。是瀰漫墮落氛圍的犯罪類型電影——「黑色電影」的代表性女主角。代表作品有《金頭盔（Casque d'or）》、《紅杏出牆（Thérèse Raquin）》、《金屋淚（Room at the Top）》、《青春期女孩（L'Adolescente）》。

我經常在飛機裡靈光乍現，當時也是在從巴黎返回東京的飛機上冒出想法。

我在筆記本上這樣寫著：

圍繞著老牌女演員發表自傳的故事。

自傳充滿謊言……女兒和眾前夫、前來祝賀而齊聚一堂的人們各自的故事。

找出競爭對手演員的女兒……

叫她來宴會……

《在這樣的雨天》的變形……

當時的筆記上寫著

丹妮芙飾母親，

畢諾許飾女兒（放棄舞臺劇，前往美國），

伊森．霍克飾先生，電視藝人。

此時的筆記已經寫下三個人的名字了。

故事叫做《真實的○○○（凱薩琳）》。以女演員出版的自傳名為電影名稱。

珍妮．摩露

珍妮．摩露，Jeanne Moreau（一九二八～二〇一七），演員，電影導演，生於法國巴黎。法國戰後的代表性女演員。一九五八年因《死刑臺與電梯》、《孽戀》一舉成名。其他還有《夜》、《夏日之戀》、《女僕日記（Le Journal d'une femme de chambre）》等代表作外，並有《青春期女孩（L'Adolescente）》等執掌導演筒的作品。

安娜．麥蘭妮

安娜．麥蘭妮，Anna Magnani（一九〇八～一九七三），演員，生於義大利羅馬。成名作為義大利新寫實主義的鉅作《不設防城市》（一九四五）。包容與慈愛的姿態散發獨樹一格的存在感。代表作有《金車換玉人（Le Carrosse d'or）》、《玫瑰夢》、《羅馬媽媽（Mamma Roma）》等。

二〇一六年五月二十日，在帶著《比海還深》參加坎城影展期間，我和畢諾許開會，決定橫跨二〇一八年的夏天和秋天在巴黎拍攝，事情有了著落。這個計畫終於正式啟動。

二〇一五年四月，伊納利圖導演※公開了電影《鳥人※》，故事設定是曾經飾演超級英雄的過氣男星要在舞臺上演出瑞蒙・卡佛的《當我們談論愛情（What We Talk About When We Talk About Love）》。雖然主角性別不同，但我明白（即使是我先想到的）事已至此應該已經無法再沿用卡佛的設定了。這是我第一個必須解決的課題。

2017／9／3

吉娜・羅蘭

吉娜・羅蘭，Gena Rowlands（一九三〇～），演員，生於美國威斯康辛州。主要作品為導演丈夫約翰・卡薩維蒂（John Cassavetes）執導的《面孔》、《受影響的女人》、《首演之夜》、《女煞葛洛莉》。是擁有極高評價的實力派女演員。

麗芙・烏曼

麗芙・烏曼，Liv Ullmann（一九三八～），演員，電影導演，生於日本東京。父母為挪威人，輾轉加拿大、美國後回到挪威，一九五七年推出電影處女作。以電影大師英格瑪・伯格曼作品的御用演員而聞名。主要作品有《大移民》、《面面相覷》、《秋光奏鳴曲》、《狂情錯愛》等。

我帶著《第三次殺人》※前往威尼斯影展，在奔向成田機場的成田特快車內。再三週就要去和丹妮芙見面，瞭解她的想法，我預計從這裡開始，一路到威尼斯、多倫多、聖塞巴斯汀的這趟旅程途中，都要專心研究、考察丹妮芙和女演員，聽完丹妮芙的想法後，開始寫劇本初稿。

我在飛機上看了《柳媚花嬌》※和《巴黎女人》※。

由於我剛好看完了羅傑．華汀※的書，因此非常有趣。

「當時法國電影界正在尋求感官風格外貌的新面孔，既不像珍妮．摩露、西蒙．仙諾那麼肉欲，也非碧姬．芭杜※的侵略性，剛好有一個缺口。」

羅傑．華汀對丹妮芙的登場如此評論道。

如果請丹妮芙舉出三位重要導演的話，她會怎麼回答呢？應該會是德米※、布紐爾※和楚浮※吧。

伊納利圖導演

阿利安卓．崗札雷．伊納利圖，Alejandro González Iñárritu（一九六三～），電影導演，生於墨西哥。二〇〇〇年推出首部電影長片《愛是一條狗》，其後陸續發表了《火線交錯》、《鳥人》、《神鬼獵人》等引起高度討論的作品。

《鳥人》

《鳥人》，二〇一四年，美國出品。導演：阿利安卓．崗札雷．伊納利圖；主演：米高基頓。主角曾經飾演電影《鳥人》裡的超級英雄，紅極一時，如今卻人氣不再。他賭上所有東山再起的可能，打算於百老匯推出一部自導自演的舞臺劇。整部電影以黑色幽默刻劃主角的奮力苦戰。

9／4

和福山※、役所※、鈴※一起參加威尼斯影展※。

這是我繼《幻之光》後，暌違二十二年參加威尼斯影展。不同於坎城影展，不管好壞，我的心情是很悠哉的。光是睡眠不足的記者和攝影師沒有板著臉，我就稍微鬆了一口氣。

進入會場前的紅毯沒有階梯、高臺，影展在日常小地方也很明白地展現出自己的「哲學」。

我在飯店大廳和北野武※導演打招呼，他很適合白色襯衫。在東京體育電影大獎見面時便一直有種感覺——不同於電視上看到的Beat Takeshi，北野武導演本人相當安靜，對電影的態度非常誠懇，令我非常感動。

飯店入口外，聚集了大批拿著北野武照片的粉絲，我再次目睹了導演驚人的人氣。飯店大廳的氛圍與二十二年前相比幾乎無異，從後門走到沙灘上馬上就會

《第三次殺人》

《第三次殺人》，二〇一七年，日本出品。導演：是枝裕和；主演：福山雅治、役所廣司、廣瀨鈴。是枝裕和原創劇本，法庭懸疑片。在第七十四屆威尼斯影展主競賽單元中正式亮相。榮獲第四十一屆日本影藝學院獎最佳影片等十項大獎。

《柳媚花嬌》

《柳媚花嬌》，一九六六年，法國出品。導演：賈克．德米；主演：凱薩琳．丹妮芙、弗朗索瓦．多莉雅克（Françoise Dorléac）、金．凱利（Gene Kelly）。這是部歌舞片，由丹妮芙與親姊姊多莉雅克飾演一對雙胞胎姊妹，背景是因為一年一度的嘉年華而熱鬧不已的海邊小鎮。姊妹倆焦急等待理想情人的鮮活姿態充滿迷人的魅力。

與二十二年前一樣的飯店大廳。

《巴黎女人》

《巴黎女人（Les Parisiennes）》，一九六一年，法國出品。導演：Jacques Poitrenaud、Michel Boisrond、Claude Barma、Marc Allégret（共四篇，一篇由一位導演負責拍攝）；主演：凱薩琳．丹妮芙、丹妮．薩瓦爾（Dany Saval）、丹妮．羅賓（Dany Robin）、弗朗索瓦．阿諾（Françoise Arnoul）。電影講述四名巴黎女郎的戀情與生活，分篇串集而成。丹妮芙所飾演的主角是個嚮往戀愛的女學生。羅傑．華汀則參與了劇本創作。

羅傑．華汀

羅傑．華汀，Roger Vadim（一九二八～二〇〇〇），電影導演，生於法國巴黎。一九五六年推出執導處女作《上帝創造女人》，由當時二十二歲的妻子碧姬．芭杜主演。代表作有：《罪惡與美德（Le vice et la vertu）》、《太空英雌》、《Surprise Party》等。與碧姬．芭杜離婚後，又流連在珍．芳達、凱看見大海，過往記憶一口氣湧上心頭。

我趁著訪問與電影上映的空檔，在飯店房間欣賞丹妮芙作品的ＤＶＤ。

《騙婚記※》

在最後的訪談中，楚浮自己承認楊波．貝蒙※是他選角失誤。的確如此。

楚浮評論丹妮芙：

「她能在背影和鏡頭漸行漸遠的戲中，精準說出最重要的臺詞。」

我必須記住，楚浮曾經將丹妮芙刻劃成冰冷無情的壞女人。

《四月傻瓜※》

丹妮芙時而會展現出令人忘記呼吸的美貌，但感覺根本上不太符合這個角色。

丹妮芙研究（？）暫時小小休息一下，我看起了「演員工作室※」。

保羅．紐曼說：「我沒有才華，可取之處只有鍥而不捨而已。貝蒂．戴維斯※

薩琳．丹妮芙等女星間，也是有名的花花公子。以能充分引導出女星魅力而聞名的導演。

碧姬．芭杜

碧姬．芭杜，Brigitte Bardot（一九三四～），演員，歌手，生於法國巴黎。來自其名字縮寫的暱稱「BB」（法文是「小baby」的意思），廣為人知。一九五六年在《上帝創造女人》中飾演將男人玩弄於掌心裡的小惡魔，一舉成名，也被稱為「法國的瑪麗蓮．夢露」。其他還有《私生活（Vie privée）》、《輕蔑》等代表作。

德米

賈克．德米，Jacques Demy（一九三一～一九九〇），電影導演，生於法國。一九六一年推出首部執導長片《蘿拉》，被譽為「新浪潮的珍珠」。他創造出凱薩琳．丹妮芙主演的《秋水伊人》、《柳媚花嬌》等嶄新類型的歌舞片。

曾說過：『軟弱的人沒辦法面對年老』。我現在也正在和年老奮戰。」

克林・伊斯威特※引用麥可・契訶夫※的「心理動作※」，談到演技是要「在身體的某處做出心理上的中心（核心）」，很有趣。

《最後地下鐵※》

總而言之，作品本身非常優秀。

演出《失蹤》這齣戲的演員們。

戰時。要不要在《真實》裡面加入這麼緊迫的設定呢？

「會不會被地下室裡的丈夫發現！」之類的，或是

「地面上的妻子與男人間萌生了愛情，丈夫只能從聲音去發現——」等等……是不是可以有這樣的描寫呢……

《懷孕的男人※》

丹妮芙和馬斯楚安尼※的契合度真的很出眾。

布紐爾

路易斯・布紐爾，Luis Buñuel（一九〇〇～一九八三），電影導演，生於西班牙。活躍於法國、西班牙、美國、墨西哥的超現實主義電影先驅，也以唯美主義的情慾表現手法而聞名。由凱薩琳・丹妮芙主演的作品有《青樓怨婦》、《特莉絲坦娜》。其他還有《安達魯之犬》、《女僕日記（Le Journal d'une femme de chambre）》、《中產階級拘謹的魅力》等代表作。

楚浮

法蘭索瓦・楚浮，François Roland Truffaut（一九三二～一九八四），電影導演，生於法國巴黎。新浪潮代表導演之一。自傳式的首部劇情長片《四百擊》轟動影壇。凱薩琳・丹妮芙主演的作品為《騙婚記》。其他還有《射殺鋼琴師》、《夏日之戀》等代表作。

堅韌、實際又可愛的女人。

《KINEMA旬報※》一九九二年八月十五日刊載了丹妮芙對《印度支那※》的看法：

「這個故事，沒有寫進劇本的內容跟寫進去的一樣豐富。」

戲裡，當丹妮芙聽到獲釋的女兒再也不會回來，已經死去時，那「哀傷的背影」實在非常精彩。

《青樓怨婦※》

不管是這部作品還是《印度支那》、《最後地下鐵》，丹妮芙飾演的都是「朝兩個方向撕裂拉扯的女人」。

《國王與皇后※》

威尼斯影展

正式名稱為「威尼斯國際影展」，於義大利威尼斯舉辦的國際影展，一九三二年起，於每年八月底～九月初舉行。與柏林影展、坎城影展並列世界三大影展。二〇一九年，是枝裕和以《真實》成為第一位作品獲選為威尼斯國際影展主競賽單元開幕片的日本導演。

福山

福山雅治（一九六九～），創作歌手、演員，生於日本長崎縣。一九八八年以《只有5g（ほんの5g）》踏入影壇，一九九〇年出道為歌手。一九九三年以第五張專輯《Calling》首次獲得日本Oricon公信榜第一名，奠定其不可動搖的歌手地位。演員方面，一九九三年，電視劇《一個屋簷下》獲得廣大觀眾喜愛，主演過《他日再相逢（いつかまた逢える）》、《破案天才伽利略》、《龍馬傳》等電視劇。在是枝裕和作品中，擔任《我的意外爸爸》、《第三次殺人》的主角。

雖然丹妮芙出場次數不多，但整部一百五十分鐘的作品完全看不膩。

我想到了一些劇本靈感（片段）。

如果有魔法的話，想要改善和母親關係的女兒。

如果有魔法的話，只想著希望戲演得更好的母親。

《屬於我們的聖誕節》※

雪花美麗地落下。

院子裡煙火的那一幕，老夫老妻的雙雙背影非常美。

《五克拉愛情》※，妮可買西亞。

「櫃子裡有水果罐頭。」

打開櫃門。

「你和娜妲莉怎麼了？下一個（櫃子門）喔。」

役所

役所廣司（一九五六～）演員，生於日本長崎縣。一九七八年進入演員訓練班「無名塾」，一九八四年於ＮＨＫ大河劇《宮本武藏》中首次擔綱電視劇主角大梁。表演領域橫跨電視劇、舞臺劇、電影，是家喻戶曉的實力派演員。主要電影作品有《蒲公英》、《我們來跳舞》、《鰻魚》等。在是枝裕和作品《第三次殺人》中，飾演眾人一致認為會以死刑論處案件中的嫌犯。

鈴

廣瀨鈴（一九九八～），演員，生於日本靜岡縣。二〇一二年於少女流行雜誌《Seventeen》專屬模特兒選秀中奪得后冠，就此踏入演藝圈。以《海街日記》獲得多座電影最佳新人獎，於電影《花牌情緣》、《第三次殺人》、ＮＨＫ第一百部晨間劇《夏空》中擔綱女主角，當紅新生代女演員之一。

在對話中放入別的話題。電影中隨處可見重要的話題與無關緊要的內容交錯這種向田邦子[※]式的技巧。雖然妮可賈西亞應該不認識向田邦子……

9／26

繞了多倫多、聖塞巴斯汀和影展一圈後回到巴黎。從今天起接連兩天要尋找主角的房子。

第一間位於名叫Meaux的城鎮，這裡的起司似乎很有名。

這裡的楓葉季是九月和十月，十一月時葉子就會全部落光。巴黎沒有像日本那麼美麗的楓葉，葉子馬上就會枯萎。尤其是據說現在巴黎的行道樹染上了一種怪病，樹葉都變成咖啡色了。

雖然房子很美，但地點這麼遠的話，主角們的晚餐是不是就不會到巴黎吃了

北野武

北野武（一九四七～），演員，電影導演，生於日本東京都。雖然經常處理非主流題材，卻兼容娛樂與藝術，享譽國際。以相聲組合「Two Beat」跨足電視藝人，深受歡迎。演員作品中，以電影《俘虜》（一九八三）引起注目。一九八九年，以北野武名義執導《那個兇暴的男人》後，持續發表作品，並以《花火》奪得威尼斯影展大獎。其他還有《奏鳴曲》、《盲劍俠》、《極惡非道》系列等代表作。

《騙婚記》

《騙婚記》，一九六九年，法國出品。導演：法蘭索瓦．楚浮；主演：楊波．貝蒙、凱薩琳．丹妮芙。

在等待相親照片本人來臨的路易面前，出現了一位和照片似像非像的美女……由徹頭徹尾被騙得團團轉的懦弱男子與充滿謎團的妖豔美女所構成的懸疑故事。

呢？

第二間，大約位於巴黎和諾曼第之間。

房子前身是醫院，建於十七世紀初。

採光和通風都很好，要是我會住在這裡。

附近有很多天主教中產階級的房子。

隱居感會不會有點太重呢？

我想到一個畫面，住在隔壁的黑人婆婆拿著食物到凱薩琳家裡玩。但想到「居住地區不同，沒有真實感」而馬上打消念頭。還是放棄住在這裡吧。

與日本相比，法國不但對移民的待遇寬容許多，像我們這些外國人要拍電影時，還有完整的機制提供補助金。也就是說，稅金的使用並非限定在狹義的本國國民這種「國家利益」上，而會為了電影這種文化的利益而使用，創作者受到這種正確的「方針」或者該說是「哲學」所支持。

不過，實際在這裡生活後發現，法國人居住的城鎮依民族和人種不同，壁壘

楊波・貝蒙

楊波・貝蒙，Jean-Paul Belmondo（一九三三～），演員，生於法國巴黎近郊努伊區（Neuilly sur Seine）。自戲劇學校時期起演技便深獲好評，主演尚盧・高達（Jean-Luc Godard）所執導的《斷了氣》（一九六〇）後成為世界級巨星，象徵新浪潮的反英雄形象深植人心。其他還有《狂人皮埃洛》、《里約的男人（L'Homme de Rio）》等代表作。

《四月傻瓜》

《四月傻瓜（The April Fools）》，一九六九年，美國出品。導演：史都華・羅森堡（Stuart Rosenberg）；主演：傑克・里蒙（Jack Lemmon）、凱薩琳・丹妮芙。一名遭受妻子折磨、一直無法翻身的中年上班族與美麗的總經理夫人所勾起的愛情喜劇。

分明，還有職業的限制，不如說能感受到一股很強烈的「階級社會」餘燼。

勘景時我很在意一件事，一名叫萊諾的工作人員說是專門負責勘景嗎，更正確來說是拍攝時不會跟在現場。也就是說，他是只限於前製※的工作人員，這類的工作系統和日本不一樣。舉例來說，勘景結束後大家一起喝茶時，萊諾也不會出席。感覺製片群將他當做一名「外部」人士，工作人員明確地區分成「內」與「外」。我在日本拍片時，會把不是副導而是擔任助導工作的人放在身邊，請他們不用負責拍攝工作，自由發表意見。我雖然提議這次也想設立這種地位的工作人員，但無論怎麼解釋，法國這邊都沒辦法瞭解這件事的必要性。

「為什麼要那樣聽沒經驗的人的意見？」、「那個人是以什麼立場、權利參與主要工作人員的會議？」在日本時，一開始的確有人問過我：「那些傢伙是什麼人？」但從來沒有人會表現出如此強硬的抗拒。這種嚴格區分「內外」、「上下」的態度和氣氛令我十分不舒服。老實說，我不知道這是因為製作跨國電影時

演員工作室
Inside the Actors Studio，以訪問演員和電影導演為主的美國公開談話節目。自一九九四年播出後，持續至今，也有發售日本版DVD。

保羅・紐曼
保羅・紐曼，Paul Newman（一九二五～二〇〇八），演員，生於美國俄亥俄州。以美國新好萊塢的經典代表電影《虎豹小霸王》（一九六九），躍身為世界級巨星。其他還有《江湖浪子》、《鐵窗喋血》、《大審判》、《刺激》等代表作。五〇年代後，長時間持續活躍在影壇一線。

貝蒂・戴維斯
貝蒂・戴維斯，Bette Davis（一九〇八～一九八九），演員，生於美國麻薩諸塞州。三〇～四〇年代，演出意志鮮明、擁有強烈自尊心的女性，創造了嶄新的女性形象。代表作有《女人女人》、《紅衫淚痕》、《彗星美人》等。晚年，以

這棟房子是不是有點太陽剛了⋯⋯

拍攝當時七十九歲的高齡在《八月之鯨》中精彩詮釋女主角。

克林．伊斯威特

克林．伊斯威特，Clint Eastwood（一九三〇～），演員，電影導演，生於美國加利福尼亞州。於西部影集《曠野奇俠（Rawhide）》中擔任固定班底後，主演《荒野大鏢客》、《黃昏雙鏢客》等電影，成為廣受歡迎的動作明星，再以《緊急追捕令》系列奠定不可撼動的人氣。導演作品有《麥迪遜之橋》、《登峰造擊》等。

麥可．契訶夫

麥可．契訶夫，Michael Chekhov（一八九一～一九五五），演員，舞臺劇導演、表演老師，生於俄羅斯。於第二次世界大戰爆發前夕前往美國，演員工作外，同時指導多位好萊塢演員。

洗臉檯會旋轉。

位於Neauphle-le-Château的房子。淡藍色的配色很棒，前身是醫院。

心理動作

麥可·契訶夫提倡的理論中最廣為人知的表演技巧之一。人類在失望時會自然而然地垂下頭——心理創造了動作，而動作也會影響心理。此為應用在演技上的一連串理論。

《最後地下鐵》

《最後地下鐵》，一九八〇年，法國出品。導演：法蘭索瓦·楚浮；主演：凱薩琳·丹妮芙、傑哈·德巴狄厄（Gérard Depardieu）。以納粹占領下的巴黎為背景，描繪一群想保留劇場的戲劇人的生活與愛情。

《懷孕的男人》

《懷孕的男人（L'événement le plus important depuis que l'homme a marché sur la Lune）》，一九七三年，法國／義大利出品。導演：賈克·德米；主演：馬切洛·馬斯楚安尼、凱薩琳·丹妮芙。以男性懷孕的稀奇事件所展開的愛情喜劇。當年螢幕外也是一對的馬

自由自在的狗兒們。

這種細節很重要。

斯楚安尼與丹妮芙在戲中飾演夫妻。

馬斯楚安尼

馬切洛．馬斯楚安尼，Marcello Mastroianni（一九二四～一九九六），演員，出生於義大利。二十世紀的義大利代表性演員。在費德里柯．費里尼執導的《生活的甜蜜》、《八又二分之一》等電影中飾演宛如導演分身的角色，成為影壇注目的焦點。雖是典型的美男子，卻擁有喜劇性的演技，也是獲得高度肯定的個性派演員。其他還有《101夜》、《嫉妒戲劇（Dramma della gelosia）》、《黑眼睛（Oci ciornie）》等眾多代表作。

《KINEMA旬報》

キネマ旬報，由KINEMA旬報社所發行的電影雙週刊。一九一九年創刊，戰爭期間停刊後，於一九五〇年復刊。每年二月下旬號發表的「KINEMA旬報十大好片」連電視新聞、報紙都會報導。

相關環境和思考方式不同，還是單純是因為製片的人格特質……製片福間※也不停幫我說服對方，雖然最後對方不情不願地接受了，但以車子能乘載的人數有限為由，沒有答應萊諾跟我們一同去勘景。

勘景時拜訪的獨棟建築住戶幾乎都有養狗，狗兒身上當然也都沒有拴鍊子，生活得自由自在。院子裡到處都是狗大便，而所有狗也都毫無例外地臭氣熏天。究竟是幾個月沒洗澡了呢？

與其說是狗，更像是一團糾結的毛球撲過來，舔著你的臉，在你的腳邊打轉。

不過，回頭想想，或許應該將身上完全沒有動物臭味的日本小狗看做是例外才對。

9／28

《印度支那》
《印度支那》，一九九二年，法國出品。導演：雷吉斯·瓦爾涅（Régis Wargnier）；主演：凱薩琳·丹妮芙、文森·培瑞茲（Vincent Pérez）。
故事背景在印度支那半島仍屬法國殖民地的一九三〇年代，於印度支那出生的法國女性收養了一名當地女孩，在撫育她的過程中被捲入殖民地的獨立運動，最終，失去了一切。

《青樓怨婦》
《青樓怨婦》，一九六七年，法國／義大利出品。導演：路易斯·布紐爾；主演：凱薩琳·丹妮芙、姜·索萊爾（Jean Sorel）。
丹妮芙所飾演的主角雖然是位嫻淑的年輕人妻，白天卻在妓院裡工作。電影描繪了無法單以幸福的生活而滿足的女性內心矛盾。

《國王與皇后》
《國王與皇后》，二〇〇四年，法

採訪凱薩琳。

心心念念，終於實現了。

雖然過去有幾次和凱薩琳見面的機會，但好好談話是第一次。

大約八年前，記得當時我因為《橫山家之味※》的活動來訪巴黎，收到了凱薩琳想與我見面的聯繫，我在飯店大廳等她，結果過了約定時間收到聯絡：「她現在起床正在洗澡。」後來又說：「她身體似乎有點不太舒服。」取消了見面。之後我們有一次非常短，大概是互相打個招呼的程度的見面（？）（由於飯店大廳禁菸，所以留下了碰面後三十秒她就去飯店外面抽菸的印象。）

《海街日記※》在坎城上映時凱薩琳有蒞臨，上映後給了我一記飛吻。雖然那時我沒能與凱薩琳面對面談話，但之後我從綾瀨遙※口中得知，她在餐廳用餐時，凱薩琳似乎碰巧在別桌，她對綾瀨說：「能夠在那個地方見證自己的作品不是每個演員都能有的經驗，妳很幸運呢。」其實，這一年的四月，名為《真實的凱薩琳》的劇本大概還差兩步就完成了，我將長篇大綱交給凱薩琳，兩人約好在巴黎

國出品。導演：阿諾・戴普勒尚（Arnaud Desplechin）；主演：馬修・亞瑪希（Mathieu Almaric）、艾曼紐・德芙（Emmanuelle Devos）、凱薩琳・丹妮芙、莫里斯・卡瑞（Maurice Garrel）。

主人公是位育有一子的職業婦女，內心隨著第三次婚姻的到來而搖擺不定。電影描述她與圍繞在身邊的沒用男人們所編織的成人愛情故事。

《屬於我們的聖誕節》

《屬於我們的聖誕節》，二〇〇八年，法國出品。導演：阿諾・戴普勒尚；主演：凱薩琳・丹妮芙、尚保羅・胡西雍（Jean-Paul Roussillon）。

為了慶祝聖誕節，主角一家人暌違五年齊聚一堂。一部描繪屬於家人間執著與愛恨情仇的故事。

碰面，但當時她遠比約定的時間晚了許久才出現，以及似乎還沒看劇本大綱的樣子，我們不太能聊劇本的內容。不過，不知為何，感覺彼此似乎都有「計畫或許能順利進行」的想法。我和凱薩琳兩人的接觸，再來就是這年六月，她來日本參加法國電影節※，儘管是來訪的團長，招待會上卻不開心，沒有什麼能與她說話的機會。這次專訪真的能實現嗎？她真的會在約定的時間現身嗎？那時我處於完全無法掌握的狀態。

抵達自家附近飯店的凱薩琳，總之就是要求可以抽菸的地方，往大廳後方的陽臺移動。訪談中，她也持續抽著菸。雖然先前就聽說凱薩琳是個菸癮很重的heavy smoker，但錯了，應該是「chain smoker」才對。

是枝　您第一次演戲是什麼時候，飾演什麼角色呢？

《五克拉愛情》

《五克拉愛情》，一九九九年，法國出品。導演：妮可·賈西亞(Nicole Garcia)；主演：凱薩琳·丹妮芙、艾曼紐·辛葛娜(Emmanuelle Seigner)。這是個懸疑愛情故事，以巴黎珠寶店林立的梵登廣場為舞臺，描述一樁圍繞著鑽石的陰謀。丹妮芙所飾演的美麗主角，過去曾是一名寶石商，在對謎團抽絲剝繭的過程中，漸漸找回自己昔日的光輝。

向田邦子

向田邦子（一九二九～一九八一），電視編劇、散文作家、小說家，生於日本東京。因《是時間喔（時間ですよ）》、《寺內貫太郎一家》等電視劇本深受大眾歡迎。《寺內貫太郎一家》也是樹木希林（當時藝名為悠木千帆）的成名作。短篇小說《花的名字》、《水獺》、《狗屋》獲得第八十三屆直木賞。其他還有《宛如阿修羅》、《阿吽》等編劇代表作。

丹妮芙　大概是八、九歲的時候。我以前念的是天主教學校，當時是星期四放假，放假時我們不去原本的學校，而是被帶去另一間學習天主教教義的學校。在那裡，除了宗教知識，還能體驗各式各樣的技藝。其中，在參加一個小舞臺活動時，老師讓我們穿上了類似一八八〇年代左右，美國年輕女生的衣服，小小的帽子搭配長禮服。我們上臺是為了唱歌而不是演戲。穿那些衣服當然很開心，但也很緊張，我記得那不是一次很好的經驗。我一直到高中都是念天主教學校，就某種意義而言，星期四就像社團活動一樣，可以接觸到各種技藝。

是枝　聽說在成為演員前，妳們四姊妹在街坊鄰居間就得到許多稱讚了。

丹妮芙　不過，我母親每次聽到朋友或是陌生人說：「好可愛的四姊妹喔。」都會回：「不能說稱讚小孩外表的話。」她從以前就一直說，因為外表是與生俱來的，不是自己做了什麼努力才得到，所以不需要稱讚。我也繼承了這種想法，雖然有兩個孩子，但只要有人對我說：「好可愛的小孩

前製

前製，pre-production。電影開拍前，所有事前必備工作的總稱，像是決定劇本、分鏡、工作人員、演員和確保拍攝場地等等。

製片福間

福間美由紀，製片。東京大學研究所畢業後，進入TV MAN UNION製作公司。二〇一四年，在是枝裕和導演主導的影像製作公司「分福」成立後旋即加入。主要工作為海外拓展、開發企劃、製片。二〇〇五年後，持續參與是枝裕和的作品至今。此外，也負責過西川美和導演的《搖擺》、中村佑子導演的《起源的記憶》、法國當代藝術家皮耶．雨　格（Pierre Huyghe）的《Human Mask》、聯合拍攝電影《十年 Ten Years Japan》等。

喔。」我就會說不可以這樣講。關於這點，我女兒現在會大力稱讚自己的小孩很可愛，然後挖苦我說我以前都不稱讚她（笑）。對了，我常常覺得最近的電影都拍太長了，感覺稍微剪掉個十五分鐘也沒關係吧？

是枝　糟糕，我也經常被人家這樣說（笑）。

丹妮芙　不過，我看導演的作品不會有這種感覺喔。看兩個小時，在最後十五分鐘差不多膩的時候就結局了呢。但另一方面，也有看三個小時完全不無聊的電影。我在看土耳其電影《冬日甦醒※》時也是這種感覺。

是枝　我想稍微聊一下您的作品，至今為止，您最喜歡自己演的哪一個角色呢？

丹妮芙　布紐爾的《特莉絲坦娜※》和泰希內※導演的《鍾愛一生※》裡丹尼爾・奧圖※的姊姊。到頭來，我沒有那樣刻劃兄弟姊妹關係的作品，所以覺得跟人演姊弟很有趣，因此印象深刻。

《橫山家之味》
《橫山家之味》，二〇〇八年，日本出品。導演：是枝裕和；主演：阿部寬、夏川結衣、YOU、高橋和也。
適逢長男十五週年忌日，次男一家與年邁的雙親齊聚老家。電影細膩地呈現他們各自的姿態。

《海街日記》
《海街日記》，二〇一五年，日本出品。導演：是枝裕和；主演：綾瀨遙、長澤雅美、夏帆、廣瀨鈴。
改編自吉田秋生的同名人氣漫畫。由於十五年前離家出走的父親死亡，三姊妹開始與同父異母的國一妹妹一起生活，電影刻劃出四人逐漸成為真正一家人的過程。坎城影展主競賽單元片，榮獲第三十九屆日本影藝學院獎最佳影片等十二項大獎。

是枝　那特莉絲坦娜呢？

丹妮芙　《特莉絲坦娜》描述的是一段少女變成女人的過程，演出一個橫跨漫長歲月的角色很有趣。另外，布紐爾的電影臺詞雖然不多，但每句臺詞都很重要，即使是隨口一句話，語調也有挖苦、戲謔等等，那個語調很有意思。

是枝　如果請您舉出三位影響自己演員生涯的合作導演，會是哪幾位呢？

丹妮芙　德米、楚浮、泰希內。

是枝　原來如此。請說說幾位導演各自的魅力。

丹妮芙　賈克・德米一方面是因為我當時也很年輕，對於「導演是什麼？」就像張白紙，德米又是個會運用攝影機運動※、攝影技巧精湛、拍攝高難度鏡頭的導演，所以我對於哪裡會讓人覺得是芭蕾舞這件事感到很有趣。如果沒有遇見德米，我可能會放棄演員的工作。當時我正處於是否該繼續演戲而迷惘的時期，因為遇見德米，讓我的心定了下來。楚浮和泰希內是喜歡女性、喜歡演員的導演。當然，每個導演都會仔細凝視演員，但

綾瀨遙

綾瀨遙（一九八五～）演員、歌手，生於日本廣島縣。二〇〇〇年，Horipro挖掘新秀大賽中獲得評審特別獎而踏入演藝圈。二〇〇四年，獲拔擢為電視劇《在世界中心呼喊愛》的女主角。電影作品《巨乳排球》、《海街日記》榮獲多座最佳女主角獎項。其他還有《本能寺大飯店》、《銀河街道》等代表作。

法國電影節

日本自一九九三年起每年舉辦的電影節，以播放首度在日本公開的法國電影為主，慣例邀請法國電影導演與演員。

是他們看得更深入。我和他們兩個人會聊很多話，片子拍完後也會一起去看電影，彼此有很深厚的信任感。

是枝　楚浮在訪談裡說您「是個能在背影和鏡頭漸行漸遠的戲中，精準說出最重要臺詞的演員。」您怎麼看呢？

丹妮芙　（笑）。我第一個想到的是，演員和導演之間的信任非常重要。不只在鏡頭前，即使離開畫面也受到信任，自己也相信對方，否則便無法自由表現。在鏡頭前自由表現這件事，沒有深厚的信任感是辦不到的。

是枝　我可以再繼續提問嗎？

丹妮芙　問吧問吧。

是枝　您也曾經與跟與我同世代的馮斯瓦·歐容※和阿諾·戴普勒尚※共事過。在跟這個世代的導演們合作後，您認為這兩人的魅力是什麼？由於您和他們兩位都合作過多次，我想對他們也是給予高度肯定的。

丹妮芙　歐容和戴普勒尚真的是完全相反的導演。歐容的作品充滿戲謔，對角色也很過分。不過，他們兩個最大的不同是，歐容是親自擔任攝影指導。

《冬日甦醒》

《冬日甦醒》，二〇一四年，土耳其出品。導演：努瑞·貝其·錫蘭（Nuri Bilge Ceylan）；主演：哈路克·畢金奈（Haluk Bilginer）、梅麗莎·索珍（Melisa Sözen）、戴美特·阿可芭（Demet Akbag）。故事以卡帕多奇亞的風光為背景，主角是一對經營洞穴飯店的夫婦。深刻描寫了夫妻間的糾葛以及人類的愛恨情仇。榮獲第六十七屆坎城影展金棕櫚獎。

《特莉絲坦娜》

《特莉絲坦娜》，一九七〇年，義大利／法國／西班牙出品。導演：路易斯·布紐爾；主演：凱薩琳·丹妮芙、費南多·雷（Fernando Rey）、法蘭科·奈羅（Franco Nero）。故事背景在一九二〇年代末的西班牙。丹妮芙所飾演的特莉絲坦娜失去雙親，由沒落貴族羅佩收養。整篇故事描述了在苦難中掙扎卻依舊保有自尊心的女主角的愛與恨。

歐容不是透過監看螢幕看畫面，而是站在攝影機後讓攝影機拍出他所見到的事物，所以身為演員，首先必須信任他。硬要說的話，歐容感覺比較內向，屬於感情不會外露的類型。相對的，戴普勒尚的辭藻很飽滿豐富，讀他的劇本，可以發現他描述得鉅細靡遺，文字量很龐大。戴普勒尚的劇本交雜了許多登場人物，有很強烈的「齊心協力，共同創作」的意識，不太像我以一個演員的身分去掌握角色，而是大家一起負責一個作品，戴普勒尚的這種想法十分強烈。相反的，歐容的劇本則是有很多男、女演員彼此一對一的關係。這方面就是他們的差別。

是枝　我非常喜歡《屬於我們的聖誕節》，請問戴普勒尚是在拍攝前集合演員，一邊調度一邊讓所有人排練嗎？

丹妮芙　你知道有部電影叫《天才一族[※]》嗎？導演是魏斯・安德森[※]。那部電影也是群像劇，每個演員飾演的角色戲分都很平均。戴普勒尚希望我們大家都去看那部電影。不論是看《屬於我們的聖誕節》還是魏斯・安德森的作品，共通點就是都有某些殘酷的地方。每次提到《屬於我們的聖誕

泰希內
安德烈・泰希內，Andre Techine（一九四三～），電影導演，生於法國。擅長前衛尖銳的愛情故事，為七〇年代後的法國電影圈帶來一股新風潮。代表作品有《布朗蒂姊妹（Les Sœurs Brontë）》、《法國回憶（Souvenirs d'en France）》、《野戀（Les roseaux sauvages）》等。一九八五年，以《激情密約》榮獲第三十八屆坎城影展最佳導演。

《鍾愛一生》
《鍾愛一生》，一九九三年，法國出品。導演：安德烈・泰希內；主演：凱薩琳・丹妮芙、丹尼爾・奧圖。
艾蜜莉一邊工作一邊與溫和的丈夫和兩個孩子過著心滿意足的生活，艾蜜莉的弟弟則對她懷有超越姊弟情感的心意。電影透過這對姊弟的重逢刻劃家人間的羈絆。

節》，大家第一個會說的就是電影裡母親對兒子說：「我不喜歡你。」這種臺詞在電影裡非常少見，所以，即使有些殘酷，卻也是很有趣的作品不是嗎？

是枝　雖然不知道您本人有沒有意識到（笑），但無論對日本人還是對法國人而言，感覺您的存在都已經超越了一位演員，而像是種法國電影的標誌，或是背負著很巨大的使命呢。在日本，人們有種很強烈的印象，覺得您就像瑪麗蓮・夢露※、英格麗・褒曼※一樣，是個超越演員框架的法國電影象徵，我想法國也是如此吧。不知道您自己對這點有什麼看法呢？

丹妮芙　我覺得那是因為我從很久以前開始就一直以演員的身分活躍在螢幕上的關係，我沒有覺得特別光榮，也不會覺得困擾。大部分的女演員在累積經驗後，隨著年歲增長都面臨一種傾向，能夠演出的作品越來越少。但我很幸運，收到邀請希望我參與原創作品而能出演各式各樣的電影，這大概也是其中一個原因吧。

丹尼爾・奧圖
丹尼爾・奧圖，Daniel Auteuil（一九五〇～），演員，生於阿爾及利亞。活躍的舞臺劇演員，一九七五年，以《攻擊行動（L'agression）》踏入影壇，再以《瑪儂的復仇》獲得眾人矚目。表演類型橫跨喜劇片與嚴肅題材的實力派演員。其他還有《今生情未了》、《第八天》、《玩真的》、《隱藏攝影機》等代表作。

攝影機運動
指攝影師手持攝影機移動或是將攝影機放在臺車上等等，拍攝的同時，前後左右移動攝影機。移動鏡頭。

是枝　如果這部片也能成為那樣的電影就好了……（笑）。

丹妮芙　我很有把握喔。因為我常常看你的電影，想著如果能參與其中一定會是很棒的經驗。除了我之外，你還會找其他演員對吧？有想到一些其他演員的名字了嗎？

是枝　決定由畢諾許飾演女兒後，現在還處於故事要怎麼向外延伸、穩定的階段，還沒定案。

丹妮芙　像是一些男演員、女演員，還無法舉出來是吧？

是枝　現在還舉不出人名，不過，想設定當成畢諾許先生的美國演員，是以伊森・霍克為優先人選。

丹妮芙　我很喜歡他。他也是個重度cinéphile※，我好喜歡《年少時代》，導演叫什麼來著……

是枝　李察・林克雷特※。

丹妮芙　他非常有勇氣，拍那樣一部電影。若不是相信「人生」，是不可能那樣花十年去拍片的。女主角派翠西亞・艾奎特※也真的是以女演員的身分橫

馮斯瓦・歐容

馮斯瓦・歐容，François Ozcn（一九六七～），電影導演，生於法國巴黎。其拍攝的短片自八〇年代後期起受到肯定，一九九六年推出首部電影長片《看海（Regarde la mer）》。歌舞片《八美圖》的卡司齊聚法國新世代到資深級的代表性女演員，凱薩琳・丹妮芙也在其中。

阿諾・戴普勒尚

阿諾・戴普勒尚，Arnaud Desplechin（一九六〇～），電影導演，生於法國。一九九〇年的長片出道作《死者的生命》榮獲眾多大獎。丹妮芙出演的作品有《國王與皇后》、《屬於我們的聖誕節》。其他還有《我如何爭辯（我自己的性生活）》、《那些年狂熱戀情》等代表作。

跨十年，不斷頻繁拍攝，就允許自己衰老十年這點來說，她真的也很勇敢。

是枝 如果將身為演員的自己放在法國電影史裡來看，您覺得自己深得誰的遺傳？像是誰的女兒呢？

丹妮芙 丹妮兒・達西兒※。

是枝 丹妮兒・達西兒……啊啊，我懂。相反的，您覺得哪一位年輕演員身上有自己的基因……如果請您舉出覺得和自己相似的人，會是誰呢？

丹妮芙 其實我很喜歡英國啦，美國啦，還是澳洲的演員，例如凱特・溫絲蕾※等等。

是枝 喜歡她的什麼地方呢？

丹妮芙 我喜歡她的活力與生命力。其他還有娜歐蜜・華茲※，我看了《靈魂的重量※》後好喜歡她。

是枝 珍妮・摩露對您而言是什麼樣的存在呢？

丹妮芙 我認為她應該是最能象徵獨立製片的女演員吧。在她活躍的時期裡，她

《天才一族》
《天才一族》，二〇〇一年，美國出品。導演：魏斯・安德森；主演：金・哈克曼（Gene Hackman）、安潔莉卡・修斯頓（Anjelica Huston）、葛妮絲・派特洛（Gwyneth Paltrow）、班・史提勒（Ben Stiller）、比爾・墨瑞（Bill Murray）。譚能家的三個孩子全是天才兒童，其後的人生卻問題重重。電影以充滿幽默的手法描繪了久別重逢的家人關係，以及彼此的重生。

魏斯・安德森
魏斯・安德森，Wes Anderson（一九六九～），電影導演，生於美國德克薩斯州。二〇〇一年以《天才一族》一躍成為眾人矚目的焦點。其他作品還有榮獲眾多電影獎項的歌舞喜劇片《歡迎來到布達佩斯大飯店》、獨特的定格動畫片《超級狐狸先生》、《犬之島》。

真的是最能象徵那個時代的人，不是嗎？

是枝　我聽說您原本有和希區考克[※]合拍電影的計畫，但因為希區考克過世而沒有實現，真的非常可惜，好想看看那部電影……希區考克的電影中，您最喜歡哪一個角色呢？

丹妮芙　我非常想參加希區考克拍史恩・康納萊[※]的那部電影。

（筆記：這是指一九六四年上映的《豔賊[※]》。）

丹妮芙　關於語言無法理解這件事，以法文為例，你是把法文當成音樂一樣嗎？

是枝　是的，像是節奏、聽的感覺、語句的間隔等等。

丹妮芙　楚浮不看監看螢幕，只是一直聽聲音來決定要不要重拍。我也不會看回放，但常常會去收音技師那裡，請他們讓我重新聽一次那場戲的聲音。

是枝　如何跨越語言隔閡是這次拍攝最重要的課題，我自己也不是沒有不安在。不過，過去我曾跟韓國演員與臺灣的攝影師合作，雖然語言不通，但只要能共享我想拍的世界觀後，便常常會出現「剛剛那個意外地不錯

瑪麗蓮・夢露

瑪麗蓮・夢露，Marilyn Monroe（一九二六～一九六二），演員，生於美國洛杉磯市。以金髮與充滿魅力的肢體成為美國的性感象徵，稱霸世界的超級巨星，也是備受肯定的喜劇演員。瑪麗蓮・夢露以海報女郎之姿登場後，再以電影《夜闌人未靜》、《彗星美人》受到矚目。代表作有《飛瀑怒潮》、《紳士愛美人》、《七年之癢》等。

英格麗・褒曼

英格麗・褒曼，Ingrid Bergman（一九一五～一九八二），演員，生於瑞典斯德哥爾摩。眾所公認的實力派演員，知性與氣質兼備，四〇年代踏入好萊塢影圈。陸陸續續在《北非諜影》、《戰地鐘聲》、《煤氣燈下》、《意亂情迷》、《美人計》等賣座電影中擔任女主角，其他還有《真假公主》、《東方快車謀殺案》等代表作。

耶！」這種共識的瞬間。所以我現在很期待，覺得或許只要大家能共同擁有某個目標就能成功。

丹妮芙 我想真的是因為語言有節奏，還有旋律的關係。

是枝 如果我們對要呈現出什麼樣的演奏有共識就好了呢。

丹妮芙 我想茱麗葉應該和我一樣，不論是我還是她，比起一起創作出什麼作品，心情上更希望是導演牽引我們，讓我們跟隨。

我是開拍後才聽說的，據說，法國的電影劇本會鉅細靡遺地記錄下給演員的動作指示，像是這邊要起身或是垂眸等等。

我的劇本不太有這種描述，都是以在現場請演員表演，然後發現「啊，是這樣啊……」的形式進行，因此就演員的立場而言，只看我的劇本似乎很難理解該怎麼演的樣子。

丹妮芙 孫子的設定是幾歲呢？

cinéphile
法文「影痴」的意思。

李察・林克雷特
李察・林克雷特，Richard Linklater（一九六〇～），電影導演，生於美國休斯頓。自獨立製片界嶄露頭角，《年少輕狂》、《愛在黎明破曉時》造成轟動。在首部主流電影《牛頓小子》後，陸續發表《搖滾教室》等人氣作品，同時活躍於獨立製片與主流電影界中，不停挑戰嶄新的電影拍攝手法，如耗費十二年製作的《年少時代》等等。

派翠西亞・艾奎特
派翠西亞・艾奎特，Patricia Arquette（一九六八～），演員，生於美國芝加哥。以《絕命大煞星》躍身為當紅女星，在《年少時代》裡飾演母親一角，榮獲奧斯卡最佳女配角等多座獎項。其他還有《驚狂》、《還我本性》等代表作。

是枝　如同剛剛所說，我想把孫子設定成對聖誕老人差不多半信半疑的年紀，一個十歲左右和另一個再大一點的孩子。

丹妮芙　在法國，小孩子大概六、七歲開始就不太相信聖誕老人了（笑）。

是枝　這樣的話，年紀是不是再小一點比較好啊（笑）。雖然還沒寫出來，但我想設定您年輕時演過魔法師的角色，然後孫子的年齡是來外婆家時看到以前的電影會覺得：「這個婆婆會魔法！」（笑）。

丹妮芙　直到現在，還經常有看過賈克・德米《驢皮公主》※的人問我：「妳能變出小雞嗎？」喔（笑）。

是枝　我就是從那裡得到靈感的（笑）。

丹妮芙　我孫子現在十四歲，很喜歡鄉下和動物，所以我常常和孫子兩個人去鄉下。我養了一隻柴犬，是隻豆柴，早知道就帶牠一起來了，牠現在在車裡等我。不過，孫子的狗和我的狗感情不好，常常吵架，很辛苦。

是枝　我想設定角色有養狗，可以嗎？

丹妮兒・達西兒
丹妮兒・達西兒，Danielle Darrieux（一九一七～二〇一七），演員，生於法國波爾多。十四歲時於電影《舞會（Le Bal）》擔綱主角出道。以《魂斷梅耶林（Mayerling）》（一九三五）躋身世界級影星的行列。其他還有《輪舞》、《紅與黑》、《查泰萊夫人的情人（L'Amant de lady Chatterley）》等代表作。六〇年代起也開始以歌手的身分展開演藝活動，七〇年代於百老匯音樂劇《Coco》擔任主角。與丹妮芙一起演出《柳媚花嬌》和《八美圖》。

凱特・溫絲蕾
凱特・溫絲蕾，Kate Winslet（一九七五～），演員，生於英國。演出舞臺劇和電視影集後，一九九四年演出首部電影《夢幻天堂》。飾演《鐵達尼號》女主角知名度大開。拍攝多部歷史片如《哈姆雷特》、《尋找新樂園》等，被稱為「束胸凱特（corset Kate）」。其他還有《長路將近》、《王牌冤家》、

丹妮芙　沒問題。

是枝　養柴犬是流行嗎？

丹妮芙　我一開始養的時候沒那麼流行。有趣的是，小狗一去鄉下就會在寬闊的地方東奔西跑，非常活潑，但一回到公寓裡就像貓咪一樣睡個不停，很好玩。魯奇尼看到我的狗也被迷住，現在好像也養了一隻柴犬。

製作人　丈夫一角，您有推薦的人選嗎？

丹妮芙　……好難（笑）。一時想不到人選，我非常喜歡《屬於我們的聖誕節》裡面的先生，但他已經過世了。

是枝　我也考慮過他，原本想設定為主角常去的餐廳的主廚之類的，可惜他已經去世了。

丹妮芙　三年前過世的。

是枝　他是位很優秀的演員。

〔筆記：這位演員是尚保羅．胡西雍（一九三一～二〇〇九）〕

《為愛朗讀》等代表作。

娜歐蜜．華茲

娜歐蜜．華茲，Naomi Watts（一九六八～），演員，生於英國。十四歲時移居澳洲，就讀雪梨的戲劇學校。儘管一九八六年出演的首部電影作品並不賣座，後來卻被選為大衛．林區（David Lynch）導演的《穆荷蘭大道》主角，受到好萊塢的矚目。代表作有《靈魂的重量》、《浩劫奇蹟》等，也擔綱好萊塢版《七夜怪談》的主角。

《靈魂的重量》

《靈魂的重量》，二〇〇三年，美國出品。導演：阿利安卓．岡札雷．伊納利圖；主演：西恩．潘（Sean Penn）、娜歐蜜．華茲、班尼西歐．迪特洛（Benicio Del Toro）。據說，人類死後只會減輕二十一公克。故事以「靈魂的重量」為主題，描繪圍繞交錯在一顆心臟旁的男女們所發生的寫實故事。

丹妮芙　雖然他比起電影更常演舞臺劇就是了。導演吃飯比較喜歡義式還是日式料理呢？

是枝　都喜歡。

丹妮芙　日式料理在日本也能吃，吃披薩好嗎？

是枝　好啊。

丹妮芙　那間餐廳的披薩非常好吃，除了披薩，還有沙拉和其他各式各樣的餐點喔。

訪談一結束，丹妮芙就和住在飯店對面屋子裡的外孫站在路邊說話，之後跟我們的工作人員介紹了附近的義式餐廳，與在車裡等待的愛犬傑克散步去了。

希區考克
亞佛烈德・希區考克，Alfred Hitchcock（一八九九～一九八〇），電影導演，生於英國倫敦。被稱為「驚悚大師」的電影巨匠。因《國防大機密》、《貴婦失蹤案》等初期代表作在英國受到矚目後，將陣地移向好萊塢，創作了美國第一部作品，哥德小說式的《蝴蝶夢》、影響新浪潮的《後窗》、心理懸疑電影的先驅《迷魂記》和驚悚恐怖片的原點《鳥》等各式各樣的傑作。

史恩・康納萊
史恩・康納萊，Sean Connery（一九三〇～），演員，生於蘇格蘭。以飾演《007》系列初代詹姆士・龐德而聞名。其他還有《鐵面無私》、《絕地任務》等代表作。在希區考克執導的《豔賊》中飾演一名公司老闆，試圖想拯救因童年陰影而行為異常的女祕書。

訪談平安落幕，在全身力氣都消失的同時，再次覺得能親耳從丹妮芙的口中聽到德米、楚浮這些名字真的是非常珍貴的經驗。

越過了一座高山。

想到了幾個劇本的靈感。

有一位名字與青蛙一樣的前夫（茱麗葉的父親）。

他感嘆地說：

「（自傳裡）我的篇幅比那隻狗還少。」

劇本修改、詢問，現在大概才五十五分吧。反正離開鏡還有一年，慢工出細活。收到了製片妙莉葉的感想。

「凱薩琳與伊莎貝爾（後來改為曼儂）即興演出的段落感覺會變成凱薩琳對茱麗葉『坦白』的導火線。雖然劇本裡沒有描寫得太深刻，但其實是非常重要的

《豔賊》

《豔賊》，一九六四年，美國出品。導演：亞佛烈德・希區考克；主演：史恩・康納萊、緹琵・海德倫（Tippi Hedren）。大老闆馬克受到有偷竊癖的祕書瑪妮深深吸引，想要探究她那些行為的原因。以異常心理為主題的驚悚懸疑片名作。

《驢皮公主》

《驢皮公主》，一九七〇年，法國出品。導演：賈克・德米；主演：凱薩琳・丹妮芙、尚・馬雷（Jean Marais）、雅克・貝漢（Jacques Perrin）。改編自貝洛同名童話的奇幻歌舞片。電影中有一幕是丹妮芙所飾演的公主想為王子製作蛋糕，一隻小雞從破掉的雞蛋裡蹦出來。

一場戲吧？」

「晚餐後凱薩琳和伊森的互動，換成英文怪怪的。感覺她應該不會理伊森，故意繼續用法語說話吧？」

這點的確沒錯，伊森是跨越語言理解體會到凱薩琳的悲哀的，不如說他不可以聽懂凱薩琳的話。

「故事高潮的母女大和解、原諒，應該是《真實》裡美麗的瞬間，卻馬上因為犀利的諷刺消失殆盡了。」

這裡反而是這樣就好。我想讓「感動」與「和解」在母親身為女演員的殘酷顛覆下結束。來想些點子吧。

就這樣，我暫離法國計畫，十月要專心寫《小偷家族》的劇本。

預計十一月後再回到法國計畫。

11／10

我想到用劉宇昆※的《母親的記憶※》這部科幻小說來代替瑞蒙．卡佛的《大教堂》當戲中戲或許不錯。

故事描述一名被醫師宣告只剩下兩年性命的母親，為了能見證女兒成長而前往外太空，每七年才能回到女兒身邊一次。母女倆外觀上只有女兒不斷年華老去。

我馬上請人確認版權所屬問題。

11／14

思考電影整體架構。

劉宇昆

劉宇昆（一九七六～），小說家。生於中國，兒時隨父母前往美國，於加利福尼亞州長大。二〇一二年，小說《摺紙動物園》同時得到星雲獎、雨果獎等奇幻文學界極具聲望的殊榮，也是世界奇幻獎最佳短篇小說。

《母親的記憶》

劉宇昆的短篇小說，原名為《Memories of My Mother》。被醫師宣告只剩下兩年生命的母親，選擇利用延遲時間推進的方法和女兒一起活下來，一部充滿愛的奇幻短篇小說。日文版收錄在《母親的記憶》（早川書房）選集中。

逼迫凱薩琳的方式……孤立感會不會不夠呢？
身為一名演員、一位母親、外婆、一個女人……
讓一切變成阻礙，在最後的慶典上反轉。

「演員必許與老練對抗，
這個工作只要做一陣子，任誰都會變得老練。
演員必須與知識對抗，
因為一旦失去了什麼知識，便難以成為思想開放、有創意的人。」
（《約翰．卡薩維蒂※如是說（Cassavetes on Cassavetes）》，第二七三頁）

《旅路盡頭※》
以演員們的養老院為背景的故事。勾起了我和愛看電影的母親一起觀看這部片的回憶。

約翰．卡薩維蒂
約翰．卡薩維蒂，John Cassavetes（一九二九～一九八九），電影導演、演員，生於美國紐約。美國知名獨立製片導演先驅。採用即興演出的實驗性作品《影子》深受好評。其他還有《面孔》、《受影響的女人》、《女煞葛洛莉》、《暗湧》等代表作。

《旅路盡頭》
《旅路盡頭（La Fin du jour）》，一九三九年，法國出品。導演：朱利安．杜維維耶（Julien Duvivier）；主演：維克多．法蘭森（Victor Francen）、路易．居維（Louis Jouvet）。故事背景位於南法一所養老院，描述過去曾是影星的老人們對「年老」展開思索樣貌的寫實電影。

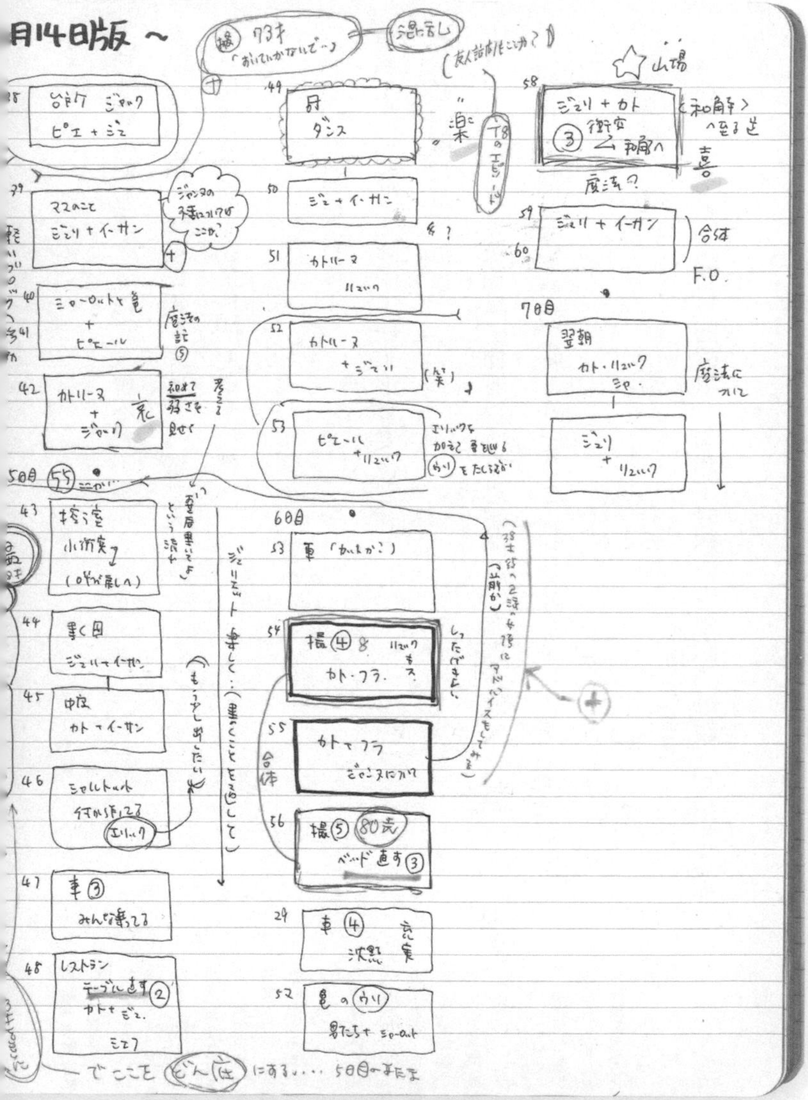
月14日版～
混乱
山場
台所 ジャック ピエ＋ジズ
ママのこと ジェリ＋イーサン
カトリーヌ ＋ ジャック
5日目
教会
車 みんな乗ってる
レストラン
ダンス
ジェ＋イーサン
カトリーヌ リュック
カトリーヌ ＋ジェリ
ピエール ＋リュック
6日目
車
撮④ カト・フラ
カト＋フラ
撮⑤ 80歳 ベッド直す③
車④ 沈黙
ジェリ＋カト 衝突③ 和解へ
〈和解〉へ至る道
魔法？
ジェリ＋イーサン
合体
F.O.
7日目
翌朝 カト・リュック
魔法に
ジェリ ＋ リュック
でここを どん底 にする…… 5日目のまとま

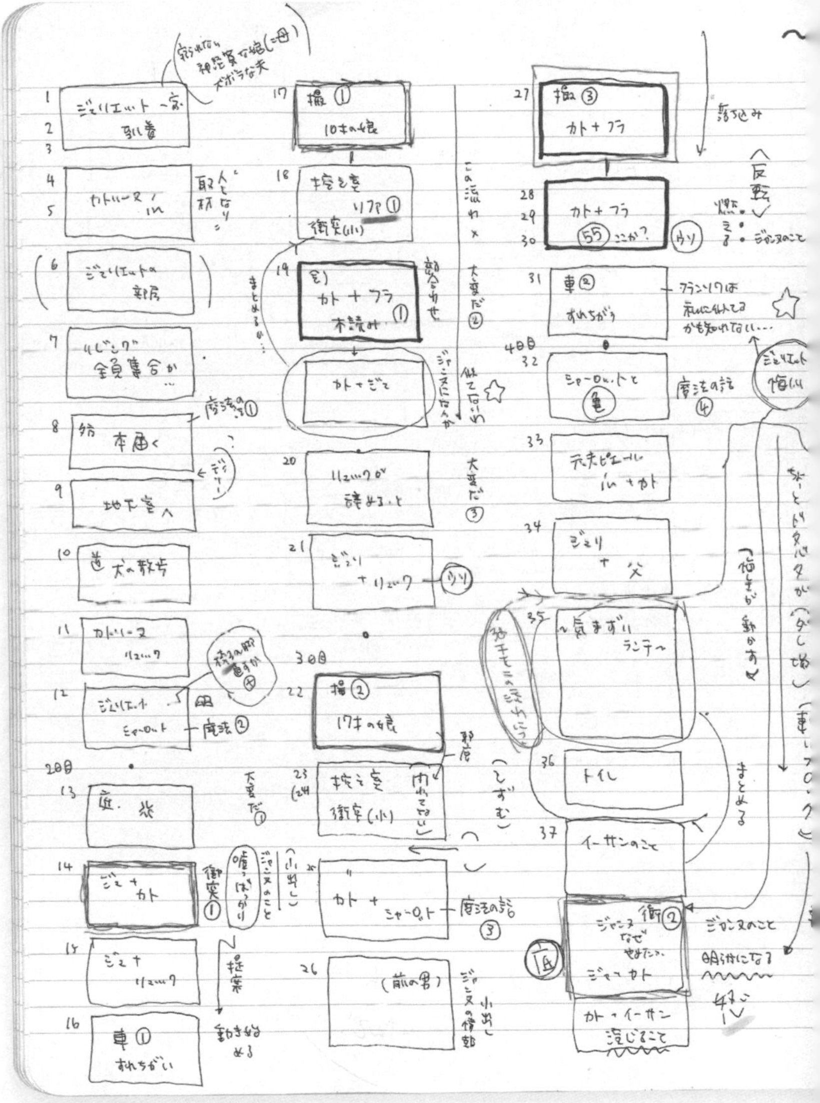

ジュリエット一家
ジュリエットの部屋
リビング
全員集合か
本届く
地下室へ
犬の散歩
魔法①
魔法②
衝突①
提案
動き始める
車①
すれちがい
20日
撮①
10本の線
カト＋フラ
本読み ①
カト＋ジュ
リュックが
読めると
ジュリ
＋リュック
ウソ
大変だ②
大変だ③
30日
撮②
17本の線
カト ＋ シャーロット
魔法の話③
（前の男）
撮③
カト＋フラ
ウソ
車②
すれちがう
フランソワは
私に似てる
かも知れない…
40日
シャーロットと
亀
魔法の話④
ジュリ
＋ 父
気まずい
ランチ
トイレ
イーサンのこと
まとめる
ジャンヌ
なぜ
やめたか。
ジャンヌのこと
明確になる
カト ＋ イーサン
通じること
落ち込み
反転

69

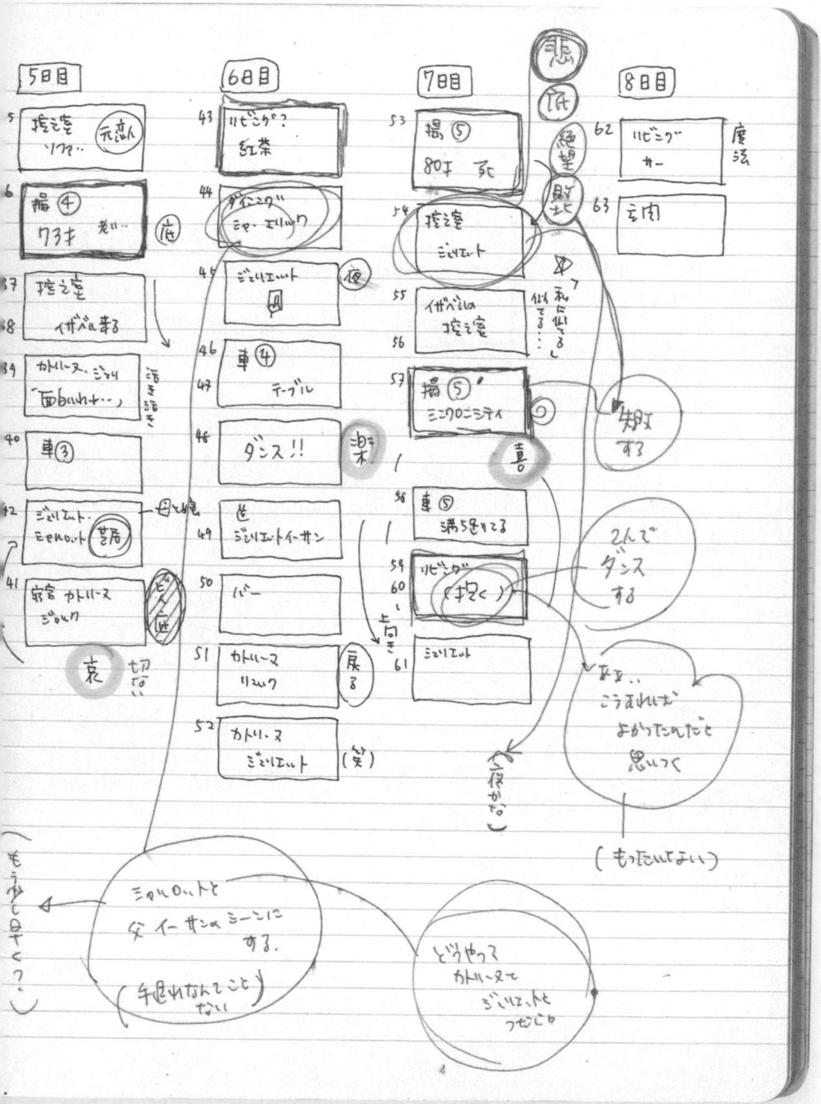

5日目
6日目
7日目
8日目
控え室
元恋人
撮④
73才
控え室
イザベル来る
車③
ジュリエット
ダンス!!
バー
カトリーヌ
ジュリエット
撮⑤
80才
控え室
ジュリエット
イザベルの
控え室
撮⑤
車⑤
リビング
ジュリエット
リビング
サー
悲
絶望
2人でダンスする
もったいない
シャルロットと
父 イーサンのシーンに
する.
手遅れなんてこと
ない
どうやって
カトリーヌと
ジュリエットを
つなぐか

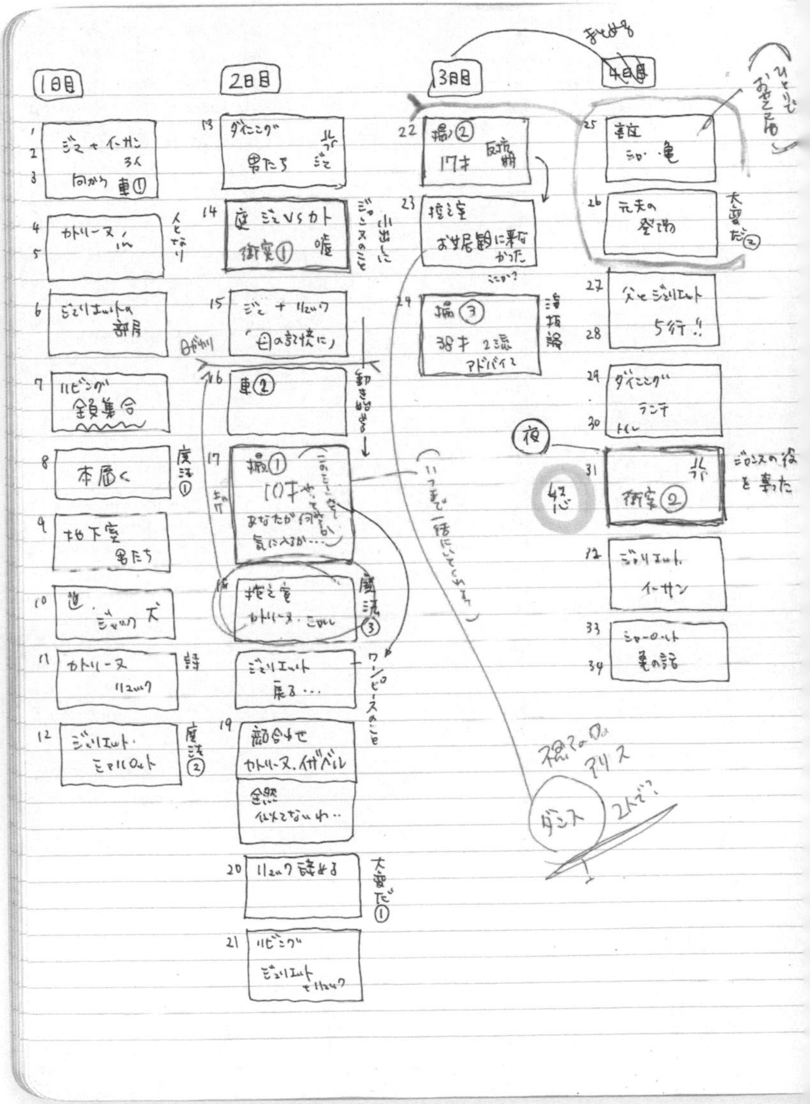

《二八佳人花公子※》
《首演之夜※》
《日落大道》
《星光雲寂※》
《刺殺喬治修女※》

11／20

重新架構整個故事，將第三天和第四天統整在一起。母女衝突發生在前半段的第三天夜晚。

分配「喜」、「怒」、「哀」、「樂」的情緒。

十一月二十九日，基本上算是照「十一月底」的約定，完成了劇本初稿。共

《二八佳人花公子》
《二八佳人花公子》，一九八一年，美國出品。導演：史帝夫·哥登（Steve Gordon）；主演：杜德利·摩爾（Dudley Moore）、麗莎·明妮莉（Liza Minnelli）、約翰·吉爾古德（John Gielgud）。以紐約的富家大少爺為主角的愛情喜劇。

《首演之夜》
《首演之夜》，一九七八年，美國出品。導演：約翰·卡薩維蒂；主演：約翰·卡薩維蒂、吉娜·羅蘭、班·加札拉（Ben Gazzara）。一部刻劃人生的電影，描述公演首日在即，舞臺劇女演員的糾葛故事。

《星光雲寂》
《星光雲寂》，二〇一四年，法國／德國／瑞士出品。導演：奧利維耶·阿薩亞斯（Olivier Assayas）；主演：茱麗葉·畢諾許、克莉絲汀·史都華（Kristen Stewart）、克

六十五張A4，六十三場戲，把凱薩琳的訪談內容反應到劇本中，以九月勘景時的「前醫院」為樣本，添加了地下室酒窖等場景。原本設定和主角同臺演出的競爭對手女兒，改成了雖無血緣關係但被稱為該演員「再世」的新生代演員。此外是關於逝者的故事。不得不面對年華老去的主角與已經死去、年歲不會再增加的（唯一）友人，也是競爭對手兩人間的對比。這將更立體地關係到母女間的對立。

劉宇昆的《母親的記憶》似乎可以取得使用許可，鬆了一口氣。

2018／1／15

針對初稿，妙莉葉寄來了詳細的感想，對我很有幫助。那些感想與平常的對話截然不同，非常理性並具有建設性。原來如此，雖說是製片，但妙莉葉是非常偏向導演的類型啊。

蘿伊・摩蕾茲（Chloe Grace Moretz）。茱麗葉・畢諾許飾演一名面臨世代交替，陷入苦惱的資深演員。

《刺殺喬治修女》

《刺殺喬治修女（The Killing of Sister George）》，一九六八年，美國出品。導演：羅伯・阿德力區（Robert Aldrich）；主演：貝莉爾・瑞德（Beryl Reid）、蘇珊娜・約克（Susannah York）。主角為遭節目撤換的中年女演員，故事描述她與同性戀人、開除女主角的電視臺女主管之間的三角關係。

，附屬在一旁）式的角色：沒有
的男人、配合派上用場的男人等

情仇》這種悲喜劇（當然《真實

脫的話（很容易想像從她嘴裡說
萊的臺詞可能有點難想像（感覺
」）。

少法文版），看到了好幾處似乎
常出現反覆的臺詞（措辭類似或

卻充滿神話色彩……活脫脫的女
部分或許需要重新檢視。

於扮演「上了年紀的任性大影
生距離感，對她不太會有好印

琳情感流動的瞬間。必須在這個

思在服裝打扮的女性？她對以自
壓迫嗎？貞對茱麗葉而言是救生
從茱麗葉的言詞，很可能會給人

<u>貞</u>

貞是什麼樣的人？是和凱薩琳徹底不同類型的演員嗎？是凱薩琳的好朋友還是競爭對手呢？是古怪又帶點瘋狂還是天真無邪（無辜）呢？

<u>伊莎貝爾</u>

雖然外表與貞極為相似，內心卻不同（世界上不存在精神面極度相似的人）。擺出天真無邪的樣子，其實卻將凱薩琳玩弄在股掌間……她應該要是會做到這種程度，比凱薩琳強悍，「盛氣凌人」的角色才對。〔伊莎貝爾這個角色就我個人看來，完全沒有珍妮．摩露的感覺，而是讓我想到法國電影界的傳奇演員——羅美．雪妮黛（Romy Schneider）〕。

<u>夏洛特</u>

出乎意料自然地成為整個故事的主軸。夏洛特才是繼承凱薩琳自己靈魂的人，因此在電影中也擔任非常重要的角色。夏洛特是接納一切，象徵年輕的存在，也是凱薩琳（道德意義上）真正的繼承者，承續其基因的人。

<u>男性登場人物</u>

<u>伊森</u>

沒什麼出色才華的軟弱男子，看起來是個被瞧不起的人物。然而，揭露他沒有和茱麗葉同床的戲十分耐人尋味，引發觀眾的好奇心。

<u>艾力克</u>

故事中沒有容身之處，存在感薄弱的兒子。尤其是如果他什麼都沒做的話，也就不會傳達什麼訊息。在母女間破壞且毫不留情的關係中，堅持保護自己。

<u>路克（經紀人）</u>

重要人物。這部電影裡最後占到最大好處的人。他對凱薩琳有時像個軟弱的情人，有時候也像一心崇拜的騎士。有好幾場戲讓人覺得比起一個經紀人，更像是個顧問或是忠實的朋友。

<u>4. 劇本的弱點</u>

◎人物的心理描寫（內心動向）有時候太直白易懂了。

◎必須強化人物間兩兩鏡像關係（謊言）的架構，再斟酌推敲。

◎有幾場戲感覺只是為了出現一段對話或是達到目的而存在。
（例如：餐廳裡的家族聚餐戲沒有提供什麼重要的訊息，主廚與兒子的臺詞感覺也只是重複變老這個話題的對話而已。）

◎戲中戲或是拍攝的戲還沒完整地組合進故事裡。

一部具有企圖心、規模宏大的作品。

執導這部電影有很大一部分要靠向演員教戲（肢體動作和眼神流轉），和雖然簡單卻彷彿呼應每個段落建構而成的對話。
（擔心的是，片商對劇本內容的反應，以及用日文跟法國演員教戲有難度。）

注意

臺詞大部分要用法文，英文臺詞要控制在整體臺詞的30%以下。為了一般觀眾，盡量避免字幕。

1. 劇本（優點）和主題

劇本的創作感覺是由「凱薩琳和茱麗葉」、「伊莎貝爾和凱薩琳」、「茱麗葉與夏洛特」、「凱薩琳與夏洛特」這幾組女性互為彼此的鏡像所建構而成。這種宛如鏡像關係的構圖，令觀眾自然而然地從一個段落移動到下一個段落，直到最後的結尾（凱薩琳與茱麗葉之間的和解），也和情緒上感到好笑（應該說是幽默）的場面以及過往回憶與懷念交錯的場面一起開展劇情，推進故事。

這個鏡像關係構圖的基礎，最基本的就是謊言與欺騙。是誰在說謊？裡面的每一個人是否都是在演出自己這個角色的演員呢？

這是部關於謊言與年老的電影，也是一部關於要用什麼面貌讓周遭的人看自己的電影。我們實際上有辦法成為自己選擇想成為的那個樣子嗎？我們是根據和父母的關係塑造而成的嗎？

電影的主角是凱薩琳，其他的女性登場人物（茱麗葉、貞、伊莎貝爾、夏洛特）雖然有不同程度的變形，但就某種意義而言，可以說都是凱薩琳的一種面向。

凱薩琳的女兒茱麗葉，受母親才華壓迫，過著半吊子的人生。

既是凱薩琳好友又是她競爭對手的貞，因芳齡早逝，以傳奇的方式繼續活在這個世界上。

可以說是貞「翻版」的伊莎貝爾，對凱薩琳而言是危險的存在（負面鏡子）。

以及凱薩琳的親孫（繼承女演員基因的親孫子），夏洛特。

所有這些女性登場人物，透過嫉妒、對抗心、敬愛等與凱薩琳各異的關係，推著凱薩琳前進，讓觀眾一點一滴揭開凱薩琳的面紗。

所有男性登場人物看起來都像衛
存在感的男人、人生失敗的男人
等。

這種感覺讓我想起了五〇年代的
的凱薩琳》悲劇的元素更少）。

2. 對話、臺詞

許多臺詞充滿幽默感，就像是凱
出這些臺詞的樣子），很有趣。
語氣跟她這個人物有所出入，詳

整體而言，感覺臺詞和對話必須
沒有細想的臺詞，戲中戲的臺詞
是同一件事在不同的場景又說一

3. 人物

凱薩琳

儘管愛挖苦人卻充滿魅力，感性
王。偶爾會出現幾句悲痛或散發

再說深入一點的話，凱薩琳一開
星」）予人的觀感很差，觀眾因
象。

一直要到劇本的四分之三左右，
地方以前「展現她的弱點」。

茱麗葉

茱麗葉是什麼樣的人？不賣座的
己的樣貌而苦惱到困難嗎？她過
圈般的存在嗎？現在的劇本裡
她只是母親翻版的印象。

妙莉葉的感想。

我接受她點出的問題，打算重新思考一次茱麗葉、伊莎貝爾、貞（後來改為莎拉）這些角色對凱薩琳的意義。

3/10

將《小偷家族》的剪接工作暫告一段落，前往巴黎。

《小偷家族》的拍攝非常充實，一定會是部好作品。

3/11

九點，畢諾許和伊森（暫定候選）女兒的角色試鏡。

我對克萊門汀印象深刻。

克萊門汀。

她很有自信，鼻形從側面看起來跟伊森．霍克有點像。

下午要試鏡的角色是新生代演員，被譽為法比安（凱薩琳飾）過去競爭對手——貞的翻版。

3／13～14

家的勘景

Herbeville．ORGEXL

SAINT-LEGERIEN. YVELINES

法國電影發行商Le Pacte的約翰和國際代理銷售公司Wild Bunch的班森。

一眼就愛上的宅邸。

3／14

和法國電影發行商Le Pacte※的約翰和國際代理銷售公司Wild Bunch※的班森吃飯。

我和班森共事的第一部作品是《這麼…遠，那麼近》※，之後雖然暫時分開，但從《奇蹟》※之後便一直合作。我和約翰一樣也是從《奇蹟》後就一直請他負責法國的電影發行業務。我認為，不論國內還是國外，對導演而言，如何找到可以信任的夥伴、建立長久的合夥關係是最重要的課題。兩人這次也是早早便對這項法國計畫興致勃勃，加入了我們的製作團隊。

平常像這樣見面的時候，班森大概都會醉醺醺的，約翰則是無論在哪裡都笑得最大聲。

Le Pacte
法國的電影發行公司。

國際代理銷售公司Wild Bunch
國際代理銷售是指將電影銷售到國外的代理公司。Wild Bunch和Celluloid Dreams並列業界裡的雙雄。

《這麼…遠，那麼近》
《這麼…遠，那麼近》，二〇〇一年，日本出品。導演：是枝裕和；主演：ARATA（井浦新）、伊勢谷友介、寺島進、夏川結衣、淺野忠信。是枝裕和執導的第三部電影長片，故事原型為奧姆真理教事件，以大規模隨機殺人事件的加害者家屬為主角的社會派寫實故事。

《奇蹟》
《奇蹟》，二〇一一年，日本出品。導演：是枝裕和；主演：前田航基、前田旺志郎。這是部因九州新幹線全線開通，根班森看完劇本的感想是：

「你最好準備一個律師喔。」

雖然是半開玩笑的話，但他的意思是——劇本裡寫的故事和凱薩琳自己的人生有很大一部分重疊，律師是為了挨告時而準備。

3／15

下午三點半開始和丹妮芙第二次開會。她今天帶了許多小狗在飯店登場，似乎看過劇本初稿了。

丹妮芙第一句話是：

「家裡如果不是在巴黎的話很傷腦筋呢。」

我告訴她找伊森．霍克演出這件事進展不太順利，遇上了阻礙。

據日本ＪＲ企劃所製作的電影。因父母離異而分居在鹿兒島與福岡的主角兄弟，由廣受歡迎的小學生兄弟檔搞笑團體「前田前田」所飾演。

「我覺得他非常符合角色耶……雖然維果・莫天森※也很有趣……」
似乎很遺憾的樣子。
丹妮芙說著說著，覷向在一旁做筆記的製片福間，看著她的手邊。
「妳的字好小喔……」
丹妮芙拿起筆。
「這是什麼？哪家的？ＭＵＪＩ※？幾公釐的？」
她的話題不斷前進，沒有轉回來。
「同居的男子年輕一點比較能期待，很好。」
「為什麼刪掉茱麗葉的哥哥呢？」
我解釋，最初是有設定一個和母親同住在老家的哥哥登場，是個不太工作的爛男人，但因為爛男人太多了，所以刪了一個。
我一說攝影師人選考慮請《屬於我們的聖誕節》的艾瑞克・高帝耶※後——

維果・莫天森
維果・莫天森，Viggo Mortensen（一九五八～），演員，生於美國紐約。以《魔戒》三部曲亞拉岡一角備受肯定。其他還有《黑幕謎情》、《神奇大隊長》、《幸福綠皮書》等代表作。

MUJI
無印良品，良品計畫株式會社所經營的品牌。販售內容從衣服、生活用品到食品等，拓展領域廣泛，在日本以外的國家也累積了許多人氣。法國現有七間店鋪。

艾瑞克・高帝耶
艾瑞克・高帝耶，Eric Gautier（一九六一～），攝影指導，生於法國。以《屬於我們的聖誕節》為首，擔任阿諾・戴普勒尚導演多部作品的攝影師。

「那位攝影師也是個很好的人喔。戴普勒尚在美國拍的電影好像也是高帝耶當攝影師。」

「我的角色描述總有種五〇年代演員的感覺，像珍妮·摩露。」

「現在電影圈沒有這種人，這個舉例來說，就像是《日落大道》的那個時代。」

「我希望能更有現代感，更貼近現實一點。」

「情緒表現好像有點太美式了。」

「伊森和夏洛特的關係很好呢。」

「和製片上床搶角色的橋段也很有趣。」

「你看《水底情深※》了嗎？配樂非常棒。」

「不過，我覺得是不是不要這樣瞧不起演美國影集的演員呢？」

「你看畢諾許的新片了嗎？雖然她的演技很棒，但服裝不好。」

「出場的男人會不會都太可憐了一點？」

丹妮芙笑著說。

《水底情深》
《水底情深》，二〇一七年，美國出品。導演：吉勒摩·戴托羅（Guillermo Del Toro）；主演：莎莉·霍金斯（Sally Hawkins）、麥可·夏儂（Michael Shannon）、李察·傑金斯（Richard Jenkins）。故事背景為六〇年代冷戰時期的美國，於政府機密研究所裡擔任清潔工的女主角，漸漸與被運至所內的神祕生物心靈相通。這是個擁有說話障礙的女性與半人半魚之戀的奇幻愛情故事。榮獲第九十屆奧斯卡最佳影片、最佳導演、最佳美術指導、最佳原創配樂（亞歷山大·戴斯培，Alexandre Desplat）四項大獎。

隨著話題變換，丹妮芙令人眼花繚亂的表情和語言都迷人不已，同時也讓我留下了她無法忍受停留在同一個地方，靜不下來的印象。

（班森害怕的點其實我也有點擔心，但丹妮芙說：「跟我完全不一樣。」讓我放下心頭大石。）

3／17

和攝影師艾瑞克．高帝耶碰面。

成功拜託他擔任這次的攝影。

艾瑞克去年為了賈樟柯※的新電影去了中國六個月。「我們每天早上只會分到一份類似劇本的筆記，沒有一個人知道故事到底會怎麼進行，是一趟刺激的旅

賈樟柯

賈樟柯（一九七〇～），電影導演，生於中國。以獨立製片嶄露頭角後，成長為中國代表性導演之一。作品蘊含對中國社會現狀、個人生活關注的訊息，因而被稱為「現代魯迅」。代表作有《站臺》、《三峽好人》、《山河故人》、《江湖兒女》等。

程。」

他也和華特．沙勒斯※一起拍過《革命前夕的摩托車日記※》，面對這種跨國合作，似乎可以很彈性的應對。

伊莎貝爾的角色試鏡。

全場工作人員一致決定由曼儂．柯莉薇※出線。

我個人的決定關鍵無疑是聲音，曼儂有著充滿魅力的沙啞嗓音。我請她演在病房裡牽著年邁的女兒，與她並立窗前，眺望中庭盛開的花朵。她一動作，會議室瞬間看起來就成了病房，牆壁也化做窗戶。我把角色的名字伊莎貝爾改成她的本名「曼儂」。

華特．沙勒斯

華特．沙勒斯，Walter Salles（一九五六～），電影導演，生於巴西里約熱內盧。八〇年代後期於電視紀錄片領域中累積經驗。以老太太和少年的公路電影《中央車站》聲名大噪。經歷《血濺豔陽天》、《革命前夕的摩托車日記》後，再以《鬼水》（改編自日本電影《鬼水怪譚》）進軍好萊塢。

《革命前夕的摩托車日記》

《革命前夕的摩托車日記》，二〇〇三年，美國／英國出品。導演：華特．沙勒斯；主演：蓋爾．加西亞．貝納（Gael García Bernal）、羅德里哥．塞納（Rodrigo de la Serna）。青春公路電影，以日後成為知名革命家的切．格瓦拉年輕時的南美旅行記事為藍本。電影刻劃充滿野心的青年與好友一同貫穿南美大陸，內心逐漸成長的姿態。

曼儂．柯莉薇

曼儂．柯莉薇，Manon Clavel（一

與兩隻愛犬一起在飯店大廳登場的丹妮芙。

九九三～），演員，生於法國。二〇一四年始學習演戲，二〇一六年，在舞臺劇《Let's keep smiling》中的演技備受肯定，榮獲Olga Horsting大獎。參加《真實》試鏡，首次出演劇情長片便獲選為新生代演員曼儂一角。此角色原本用的是虛構的名字「伊莎貝拉」，導演後來將其改為跟角色設定一樣是新生代演員的曼儂本名。

與艾瑞克・高帝耶合影。

曼儂・柯莉薇。為巴黎高等戲劇藝術學院劇場演員。

3／19

入夜後，巴黎紛紛落下雪花。

我和畢諾許在她家裡開會。

在悠哉的時光中，我問她關於「演戲」的事。

「我覺得重拍很重要，這樣自己就能知道哪一個take是最棒的。」

「奇士勞斯基是一次主義，會排練好幾次，但正式拍攝時只拍一次，侯導※也是這樣。」

「演員的工作是重新塑造生命，這就是跟素人不一樣的地方。」

「現在是讓人看出來在『演戲』也沒關係的時代。」

問她對自己而言最重要的三個導演是……

「安德烈．泰希內。」

侯導

侯孝賢（一九四七～），電影導演，生於中國廣東省，於臺灣長大。發表《兒子的大玩偶》、《童年往事》、《戀戀風塵》等作品後，與楊德昌並稱為八〇年代「臺灣新電影」的先驅。其他還有《悲情城市》、《珈琲時光》等代表作。

「安東尼・明格拉※。」

「約翰・鮑曼※。」

「泰希內願意信任我。」

「奇士勞斯基的拍攝現場跟作品不一樣，非常活潑。」

「畢卡索說：『忘記所學。如此一來便能取回自由。』自由是拿回來的東西。」

原來如此，意思是原先在那裡的並不是「自由」嗎？

畢諾許在高中戲劇社時一直被說：

「不要去『演』。」

「不要去『演』什麼，而是『成為』什麼。」

「雖然有很多人害怕下功夫學習，想以原本的自己旁觀事物，但前往那個害怕的地方，先定型一下是很重要的事。不冒險的話就會變成只是一直坐在游泳池旁而已。」

安東尼・明格拉

安東尼・明格拉，Anthony Minghella（一九五四～二〇〇八），電影導演，生於英國。初期於電視圈累積經驗，一九九一年推出電影處女作《人鬼未了情》。一九九六年的暢銷電影《英倫情人》奪得奧斯卡最佳導演等九大獎項。其他還有《天才雷普利》、《冷山》等代表作。

約翰・鮑曼

約翰・鮑曼，John Boorman（一九三三～），電影導演，生於英國。一九五五年，以電視剪接助理的身分踏入電視圈，於BBC擔任紀錄片導演。一九六五年推出電影處女作《狂野週末（Having a Wild Weekend）》，一九六七年前往美國，拍攝《步步驚魂》，孕育出《激流四勇士》、《薩杜斯》、《大法師2》等題材多元、風格獨具的娛樂作品。

今天和畢諾許談的演技話題非常深入，給了我許多啟示。

晚上，我們移至鄰近的義大利餐廳用餐，畢諾許說她要上傳Instagram，我們因此拍了張紀念照。

由於室內太暗，臉拍不清楚，我們便調整了燈光角度。不過，為什麼這裡的餐廳到處都這麼暗呢？無論是菜色還是對面共餐的人的臉都看不清楚。

3／20

十九日參加了《第三次殺人》的法國首映。

二十日一整天接受採訪。接下來暫時回到日本，專心製作《小偷家族》。

5／18

坎城影展期間暫時前往巴黎，和工作人員開會。

本片拍攝時間八週，預計十月十日開鏡，六日休息，為期兩個月。我表示「想用膠卷拍。」妙莉葉的臉沉了下來。消息指出，伊森·霍克就算能答應演出，似乎也要等到十月中。和副導尼可拉見面，感覺是個溫和的人。尼可拉似乎從陳英雄※導演的處女作《青木瓜的滋味※》之後，參與了他的每一部作品。聽說陳英雄的拍片現場非常辛苦，我自顧自地覺得既然有那些經驗，尼可拉應該就沒問題了吧，鬆了一口氣。

之後我收到了陳英雄的E-mail：「聽說尼可拉加入了你的新片劇組，他是個很棒的人，可以放心將現場交給他喔。祝你幸運。」

和工作人員針對劇本一起交換意見。

陳英雄

陳英雄（一九六二～），電影導演，生於越南，於法國巴黎長大。拍攝紀錄片後，一九九三年以首部電影長片《青木瓜的滋味》榮獲坎城影展金攝影機獎（最佳新人導演）。其他還有《三輪車伕》、《挪威的森林》、《愛是永恆》等代表作。

《青木瓜的滋味》

《青木瓜的滋味》，一九九三年，法國／越南出品。導演：陳英雄；主演：陳女燕溪、Man San Lu。電影以一九五一年的西貢為舞臺，鮮明勾勒出少女成長的佳作。

「故事設定夏洛特和父母同床睡覺，這個孩子有什麼精神方面的問題嗎？」

不，只是因為日本這個年紀左右的小孩還有很多人是跟母親一起睡……

「在法國，六歲的話已經很確定會自己在另一間房睡覺。」

原來如此，意思就是「川字型睡法」不是家庭幸福的象徵啊。

管理法比安工作日程的路克在那間房子裡沒有臥房。

關於主角睡覺的臥房應該設定在擁有玄關的一樓還是要爬階梯的二樓比較自然，工作人員間的意見也呈現分歧。

大家在表達自己意見時不會說：「我怎樣怎樣」，而是會說：「法國人怎樣怎樣」。為什麼會有這種把自己擴張成全體的說話傾向呢？這種說話方式很容易引起誤會，真希望大家可以不要這樣。

攝影棚有三個選擇。

Epinay。

布利（Brie）。

盧貝松※蓋的超現代製片廠。

三個都去看一遍後再決定吧。

6／21

《小偷家族》的公開活動也告一段落了，前往橫濱的法國電影節。

我在休息室與馮斯瓦．歐容導演再次碰面。

我向他傳達他近期的電影《雙面法蘭茲※》裡，演員歌唱〈馬賽進行曲※〉的場面非常棒。導演以冷冽的目光凝視民族主義的高亢激昂。

本來，五年前因為法國電影節來日本的歐容導演就曾跟我說：「法國真的有很多你的影迷，你就算在法國拍電影也一定可以成功！」把我哄得飛上天，我便也向他報告自己「如願以償」，秋天要在巴黎開拍電影的事。

盧．貝松

盧．貝松，Luc Besson（一九五九～），電影導演，生於法國巴黎。為新浪潮後的法國電影界帶來新的潮流。一九八八年，以傳奇潛水家為發想的作品《碧海藍天》創下賣座佳績。擅長動作片，代表作有《終極追殺令》、《霹靂煞》、《第五元素》等電影。

《雙面法蘭茲》

《雙面法蘭茲》，二〇一六年，法國／德國出品。導演：馮斯瓦．歐容；主演：皮耶．尼內（Pierre Niney）、寶拉．比兒（Paula Beer）。故事改編自電影大師劉別謙的《我殺的那位（Broken Lullaby）》，是部翻轉原作情節的懸疑片。黑白與彩色交織的影像美感也獲得極高評價。

〈馬賽進行曲〉

法國國歌。

他彷彿看穿了我內心的不安，鼓勵我：

「別看丹妮芙那樣，她其實是個非常為作品奉獻的演員，完全不用擔心。」

6／25

二十二、二十三日和松岡茉優※、城檜吏※一起參加上海電影節後，前往巴黎。機上，我看了試鏡會上認識的演員所演出的作品DVD。楚浮的《鄰家女※》——飾演出版社男子的羅傑．范．胡爾（Roger Van Hool）是前夫皮耶爾的人選。在夏布洛※《下好離手※》裡被當成肥羊的男人，傑基．貝約爾※，吹小號這點很好。是不是請他在我們這裡演餐廳老闆呢？

雖然住在飯店，但基本上接下來六個月要轉移陣地到巴黎，正式展開前製作業。距離開鏡一百多天，邁入倒數階段。二十六日是夏洛特的角色試鏡。

克萊門汀演奏了擅長的長笛卻很笨拙，但這一點又很可愛。決定是她了。不

松岡茉優
松岡茉優（一九九五～），演員，生於日本東京都。童星出身，二〇〇八年以「oha girl」正式展開演藝活動。以《花牌情緣》系列、首部主演電影《被愛妄想症》與是枝裕和導演的《小偷家族》大獲好評。

城檜吏
城檜吏（二〇〇六～），演員，生於日本東京都。七歲起便開始演藝生涯，在是枝裕和導演的《小偷家族》中，飾演和主角Lily Franky一起搭檔偷竊的兒子。

《鄰家女》
《鄰家女（La Femme d'à côté）》，一九八一年，法國出品。導演：法蘭索瓦．楚浮；主演：芬妮．亞當(Fanny Ardant)、傑哈．德巴狄厄。曾經相愛的戀人意外地成了鄰居，電影描繪彼此都已經有了家庭的兩人重逢後的愛與悲。

過，感覺不太像當初設定的「因為被罷凌，不去學校的孩子」，把這點改掉吧。

二十六日，決定由亞倫·萊柏（Alain Libolt）出演路克。我問了些他演侯麥※《秋天的故事※》的事。

6／28

昨天針對CNC※的補助審查預演練習後，準備正式上場。CNC一年有四次開放申請的時間，導演要親自到現場，用自己的話報告申請補助的電影主旨，為什麼想在法國拍攝，以及要怎麼拍。審查委員似乎並非行政官員，而是電影製片、導演和出版界人士等。

果然，能夠親自面對面談話比較好，因為不論申請通過與否，我都想知道理由。

和這天抵達巴黎的伊森·霍克開會，心目中的選角終於實現，真的很開心。

夏布洛
克勞德·夏布洛，Claude Chabrol（一九三〇～二〇一〇），電影導演，生於法國巴黎。與高達、楚浮並列新浪潮代表導演之一。最早以影評身分展開活動，首部執導電影為《漂亮的賽爾吉》，擁有眾多代表作如《表兄弟（Les Cousins）》、《好女人（Les Bonnes Femmes）》、《不貞的女人（La femme infidèle）》、《屠夫》、《在克里奇的平靜日子（Quiet Days in Clichy）》等。擅長拍攝懸疑片。

《下好離手》
《下好離手（Rien ne va plus）》，一九九七年，法國出品。導演：克勞德·夏布洛；主演：伊莎貝·雨蓓（Isabelle Huppert）、米歇爾·塞侯（Michel Serrault）。由六十歲的男人與三十歲的女人所組成的詐騙搭檔大顯身手，妙趣橫生的犯罪懸疑片。

不過，工作人員沒有去機場接機，伊森是自己來飯店的，總覺得很抱歉。我請他先沖個澡，暫時休息一下。

我和伊森在製片妙莉葉3B※辦公室附近的一家義大利餐廳邊吃披薩邊閒聊。

「《春風化雨》※的雪戲原本設定是在浴室，因為下雪，在前一刻改了場景。」

「我原本演的是一個會自殺的年輕人，導演試鏡時看到我後，修改了角色。」

「《巴黎，德州》※裡的小孩子演得很棒吧？」

伊森身上的襯衫背面，有德州州旗的設計。

「是我女兒聖誕節給我的禮物。」他一臉高興地說。

我跟伊森說，丹妮芙知道他確定演出後非常高興，他回答：「我要跟我女兒炫耀，因為她說她想當一名演員。」

「法國電影的話，最喜歡的應該是賈克．德米吧。剛好飛機上有播《柳媚花嬌》，航程中我是看著電影過來的。」

傑基．貝約爾
傑基．貝約爾，Jackie Berroyer（一九四六～），演員，作家，生於法國漢斯（Reims）。演出過《刺繡佳人》、《英雄（Héros）》、《十字架（Calvaire）》等多元豐富的作品，同時也是一名活躍的編劇，編有《冷月亮（Lune Froide）》（共同編劇）等劇作。

侯麥
艾力克．侯麥，Eric Rohmer（一九二〇～二〇一〇），電影導演，生於法國蒂勒（Tulle）。擔任高中老師的同時撰寫電影影評。於雜誌《電影筆記》總編期間的一九五九年，創作了導演長片處女作《獅子星座》。代表作有《沙灘上的寶琳（Pauline à la plage）》、《圓月映花都（Les Nuits de la pleine lune）》、《綠光》、《人約巴黎（Les Rendez-vous de Paris）》等電影，編織出洗鍊的臺詞與意味深長的影像。

「《蘿拉》好像是我十九歲的時候看的吧，那應該是我看的第一部法國電影。」

飯後，伊森對坐在面前的製片福間說：

「妳的小虎牙很迷人呢。」語畢，又對她眨眨眼，拋了個飛吻。福間看起來又害羞又高興的樣子。

「因為現在大家都會矯正牙齒，我女兒也去矯正了……」

伊森一臉可惜。

「我的經紀人也叫我去矯正牙齒，但一直被我拒絕。」

和選角導演克麗絲開會，討論凱薩琳的丈夫——傑克這個角色的選角。克麗絲表示：「雖然妙莉葉說如果是比利時演員的話，就可以拿到比利時政府的補助，希望我盡可能這樣選，但我發試鏡不會被這件事限制。」

《秋天的故事》
《秋天的故事》，一九九八年，法國出品。導演：艾力克・侯麥；主演：瑪莉・希維耶（Marie Riviere）、碧翠絲・侯曼（Béatrice Romand）。侯麥「四季的故事」系列中第四個作品。在洋溢大自然的祥和風景中，輕輕描繪四十多歲男女的戀愛模樣。

CNC
法國國家電影暨動畫中心，隸屬文化部的電影進行組織，擁有豐厚的資金及各式各樣的補助系統。其中的「自動性補助」制度十分有名，根據上映作品入場人次，按比例將部分票房收入還給創作者，做為下部作品的經費。

3B
3B Productions。法國電影製作公司，製片妙莉葉的所屬公司。

6／29

在製片馬蒂爾※介紹的好吃水餃店吃中餐。這家店的餃子出類拔萃，一星期只有一天是水餃，明天起會變成煎餃的樣子。飯後，我和伊森、工作人員一起在巴黎街頭散步。

我們經過聖母院旁，前往聖路易島。

在這裡買了被評為巴黎最好吃的義式冰淇淋，邊走邊吃。和伊森拍了紀念照。

下午兩點半，前往3B。

伊森和克萊門汀見面。

伊森拿出放在工作人員休息室的吉他，和克萊門汀一起即興演奏。伊森真的

《春風化雨》

《春風化雨》，一九八九年，美國出品。導演：彼得・威爾（Peter Weir）；主演：羅賓・威廉斯（Robin Williams）、羅伯・蕭恩・萊納德（Robert Sean Leonard）、伊森・霍克。

以一九五九年的美國為背景，一名不受常規束縛的英文老師來到了全住宿制的名門高校就任，電影刻劃了他與學生間的交流，是部溫暖人心的校園故事。

《巴黎，德州》

《巴黎，德州》，一九八四年，法國／西德出品。導演：文・溫德斯（Wim Wenders）；主演：哈利・狄恩・史丹頓（Harry Dean Stanton）、娜塔莎・金斯基（Nastassja Kinski）。故事描述一名拋棄妻子失蹤的男人與妻兒重逢，是部刻劃全新離別的公路電影傑作。

製片馬蒂爾

馬蒂爾・因切蒂，Matilde Incerti，

很會和小孩子相處。

之後是購物遊戲。

我們跟克萊門汀說，請她和爸爸（伊森）一起去採購。

要買的東西是：

○紅色、圓形的物品

○藍色、四角型的物品

預算是二十歐元。克萊門汀興高采烈地出發了。

大家度過了非常愉快的時光。

下午七點，去看曼儂和巴黎高等戲劇藝術學院的學生一起演出的舞臺劇。曼儂的母親也來看戲，和她打了招呼。

由於是聽不懂的語言，反而能夠清楚捕捉到演員運用身體的方式和聲調。

電影製片。經手眾多電影宣傳，負責作品也包括麥可．漢內克執導，茱麗葉．畢諾許主演的《巴黎浮世繪》。擔任是枝裕和電影《海街日記》、《第三次殺人》、《小偷家族》的法國宣傳。

6／30

和畢諾許、伊森、克萊門汀在布洛涅森林（Bois de Boulogne）附近的遊樂園集合。

今天要在這裡玩一整天。

畢諾許幫克萊門汀塗上防曬乳。三人搭小船，克萊門汀玩彈跳床，三人一起射擊。

伊森拿槍的站姿果然十分引人注目，光這樣就已經成為電影的一幕。

大家一起吃中餐。之前在工作人員休息室舉辦迷你慶功宴時，工作人員買回來的肉鋪生火腿實在太好吃了，所以這天我又拜託對方準備。鋪開野餐墊，排好盤子。開鏡前能有這樣的時光真是太好了。

果然，這個國家火腿和起司的美味程度完全不是日本完全能相提並論的。反之，雖然這樣說可能會被罵，但除了火腿和起司，這裡其他的食物真的不好吃。

相比法國人平常吃的魚、肉還有蔬菜的料理方式與調味，日本料理的細緻度是壓倒性的豐富。此外，不管怎麼說，儘管現在法國吹起日式料理風，但街上壽司店一般端出來的卻是鮭魚和壽司卷。雖然大家都心懷感激地吃著，但我不想讓法國人覺得那就是壽司。再來，現在又吹起拉麵潮，引進了各式各樣的拉麵店，我大概去了五間，但果然都不好吃，而且還要兩千日幣（譯註：約五四八臺幣），我不希望法國人把那些當成拉麵。來日本的助導馬修迷上了「俺流鹽拉麵」，幾乎每天都吃。他說：「如果巴黎有這家店的話，我真的每天都會光顧。」我也真心覺得有這個可能。

下午五點，和服裝設計帕斯卡玲．查凡內（Pascaline Chavanne）見面。她跟我說了看過劇本後想到的服裝與顏色形象，有很清晰的視覺畫面。

晚上，在飯店看了久違的《四個畢業生※》。

雖然是為了伊森．霍克而看，但薇諾娜．瑞德※實在可愛得無與倫比。日本八

《四個畢業生》

《四個畢業生》，一九九三年，美國出品。導演：班．史提勒；主演：薇諾娜．瑞德、伊森．霍克、珍妮娜．葛羅佛（Janeane Garofalo）、史提夫．贊恩（Steve Zahr）。

青春群像劇。處於混沌時期的四個年輕人探索自我價值觀的故事。

薇諾娜．瑞德

薇諾娜．瑞德，Winona Ryder（一九七一～），演員，生於美國明尼蘇達州。一九八六年以電影《Lucas》踏入影壇，再以《希德姊妹幫》獲得矚目，《剪刀手愛德華》奠定影星地位。其他還有《風情媽咪俏女兒》、《新小婦人》、《純真年代》等代表作。

〇年代的主流戲劇和演出的女演員都是在模仿這部戲的薇諾娜吧。

7／2～3

勘景。果然，還是位於蒙帕納斯區附近聖雅各路※上的房子和法比安的家印象最接近。

7／4

下午五點和莎妮※開會。

莎妮很親暱地叫我「小是」。

自從我們在日本的法國電影節互相打過招呼後，只要我的作品在巴黎首映，

蒙帕納斯區附近聖雅各路

聖雅各路因中世紀朝聖者行經而知名，是條如今仍留有許多遺跡的大道。

莎妮

露迪芬・莎妮，Ludivine Sagnier（一九七九～），演員，生於法國。自幼學習表演，十歲時以電影《丈夫、女人、情人（Les Maris, les Femmes, les Amants）》踏入影壇。二〇〇〇年在馮斯瓦・歐容導演的《乾柴烈火》中擔任女主角，一舉成為眾人注目的焦點。其他還有《池畔謀殺案》、《小飛俠彼得潘》等代表作。

她都會趕來，真的非常感謝。

這次也是趁她來參加《第三次殺人》的首映，直接和她約談。莎妮爽快地答應出演。

（之後挨了克麗絲一頓罵就是了。）

7／6

傑克的角色試鏡。

下午七點後，我和《映畫祕寶》※的町山※在Skype上展開了關於《小偷家族》的對談。他問我關於《愛在午夜希臘時》一場車內戲中，伊森和後座睡著的孩子間的互動。正好前幾天我和伊森午餐時有聽他談到那場戲，因此可以詳細地回答。

映畫祕寶

《映畫祕寶》，洋泉社發行的電影月刊。一九九五年創刊時採Mook形式，一九九九年起為雙月刊，二〇〇二年改為月刊。不同於其他電影雜誌，《映畫祕寶》的報導活用各個作家的觀點，獨特切入點帶來自由及風格強烈的版面設計，充滿對電影的喜愛，深受影迷歡迎。

町山

町山智浩（一九六二～），編輯、影評人、專欄作家。於洋泉社擔任編輯時成立《映畫祕寶》，現居美國加利福尼亞州，撰稿內容不限於電影，也包括美國B級文化、政治等。

達頓兄弟

由哥哥尚皮耶．達頓，Jean-Pierre Dardenne（一九五一～）與弟弟盧．達頓，Luc Dardenne（一九五四～）兩人組合的電影導演搭檔，生於比利時。由紀錄片工作起家，一九八七年推出首部劇情長片。一晚上，看了達頓兄弟※的《騎單車的男孩※》和《沒有名字的女孩※》。《沒有名字的女孩》日文譯名是《晚上八點的訪客》，「晚上八點……」覺得這個片名不太好，不像達頓的風格，不能只叫「訪客」嗎？

7／7

十一點半，參觀盧貝松片廠，富麗堂皇。

下午四點半，和音效尚皮耶·杜瑞※開會。

他是達頓兄弟電影的錄音師。

目測一九〇公分以上的高大身材，眼神非常溫柔，個性溫和。他說現場大概會是兩個人一起工作。感覺是個只要他在拍攝現場，大家就會很放心的人。

晚上，我獨自在那間一見鍾情的法比安家過夜。將夜晚的電車聲和清晨鳥鳴

九九九年，以《美麗羅賽塔》奪得坎城影展金棕櫚獎。其他代表作還有《兒子》、《孩子》、《沉默的羅娜》、《騎單車的男孩》等電影。

《騎單車的男孩》

《騎單車的男孩》，二〇一一年，比利時／法國／義大利出品。導演：尚皮耶·達頓、盧·達頓；主演：湯瑪士·多西特（Thomas Doret）、瑟西·迪·法蘭斯（Cecile De France）。遭父親拒絕而封閉心靈的少年，意外遇見一名年輕女性，在交流互動中內心逐漸痊癒。榮獲第六十四屆坎城影展評審團大獎等眾多獎項。

《沒有名字的女孩》

《沒有名字的女孩》，二〇一六年，比利時／法國出品。導演：尚皮耶·達頓、盧·達頓；主演：阿黛兒·艾奈爾（Adele Haenel）、奧利維爾·邦諾（Olivier Bonnaud）、傑若米·何涅（Jérémie Renier）。

記入腦海。

我一個人拿著劇本在屋裡來回走動，嘴裡唸著臺詞，這樣便能知道這些話與這個空間的大小、距離的契合度。如果有人看到的話，或許會感到很不舒服，但這卻是很重要的過程。

是夜，看了一部名為《大犯罪家※》的阿根廷電影。

因為推特上有人說那是《小偷家族》的原型，或是批評我抄襲，保險起見便看了。除去全家犯罪（這部電影是綁架有錢人）這點外，完全沒有任何共同點，是怎麼比較才會跑出「原型」這種說法呢……

關於《小偷家族》的最後一幕也是……

網路上有個叫「cinéphile」的節目，說最後由里跳下了陽臺，是重複祥太拿著橘子跳下橋的行為。的確，當我們要喊「某個人」的名字時，身體會為了吸氣朝後仰，但那個架子的高度不可能跳下去，而且鏡頭也清楚捕捉了由里看到誰的察覺視線。

身為醫生的女主角沒有挽救到一名身分不明的少女，故事以醫生的內心糾葛為主軸，剖析正義與人類良知的社會派懸疑片。

音效尚皮耶・杜瑞

尚皮耶・杜瑞，Jean-Pierre Duret（一九五三～），錄音師，生於法國。除了達頓兄弟的作品外，也負責《南特傑克》、《梵谷傳》等片的音效，是法國凱薩獎的入圍常客，以麥斯・米克森（Mads Mikkelsen）主演的《最後的正義》榮獲法國凱薩獎最佳音效獎。

《大犯罪家》

《大犯罪家》，二〇一五年，阿根廷出品。導演：帕布洛・查比羅（Pablo Trapero）；主演：吉勒摩・法蘭賽拉（Guillermo Francella）、莉莉・波普薇琪（Lili Popovich）。深沉的犯罪片，以真實事件的綁架殺人案為藍本，故事聚焦在動員全家一起犯罪的加害者一族上。

以前有某位學者在其關於記憶的著作中，以《下一站，天國》的主角選擇了「與過去戀人相處的時光（記憶）」前往天國這樣明顯的誤解（或者我猜對方是不是沒有把電影看到最後就是了）為前提，批評了電影。我覺得實在太過分便寫信給出版社，卻毫無回音。跟那相比，由里這種程度的誤解或許算可愛了吧。

7／8

留宿第二天。

楚浮的《日以作夜※》

楚浮寬慰被甩後想去買女人的李奧：

「對我和你這樣的人而言，幸福只存在工作（電影）裡。」

雷諾瓦《金車換玉人》最後一幕，安娜．麥蘭妮在被說：「妳的幸福只在舞臺上。」、被問道：「妳寂寞嗎？」後回答：「一點點。」。楚浮果然是在呼應

《日以作夜》

《日以作夜》，一九七三年，法國／義大利出品。導演：法蘭索瓦．楚浮；主演：賈桂琳．貝茜（Jacqueline Bisset）、尚皮耶．李奧（Jean-Pierre Léaud）、法蘭索瓦．楚浮。

描繪電影拍攝現場發生的大大小小麻煩，向觀眾傳達了投身電影製作的人們的樣貌與對電影的愛。

《華氏４５１度》

《華氏４５１度》，一九六六年，英國／法國出品。導演：法蘭索瓦．楚浮；主演：奧斯卡．華納（Oskar Werner）、茱莉．克莉絲蒂（Julie Christie）。

改編自雷．布萊伯利的同名科幻小說。以禁止看書的未來社會為背景，內含對物質主義、極權主義社會批判的力作。

《一部電影的故事》

揭開楚浮創作內幕的拍攝日記，原連載於法國電影雜誌《電影筆記

這句呢喃吧。

《華氏451度※》

看完片子後，重讀這部片的拍攝日誌《一部電影的故事※》，內容幾乎都是在說演員和工作人員的壞話，太好笑了。導演本人甚至預言這部電影一定會失敗。

不過，其中也有幾點關於演戲的有趣敘述。

「就像手套一樣，十個女人有九個人適合手套，演戲是女人的天賦。男人適合手套的，十個人裡只有一個。」（八四頁）

7／10

劇本開會花了不少時間。

明天起就要修改劇本……但第一天先放鬆一下……放出……吸收。

（cahiers du cinema）》中，日文版將其集結成冊，譯為《一部電影的故事（ある映画の物語）》，同時收錄雷・布萊伯利談楚浮的內容。

《慾望街車》

《慾望街車》，一九五一年，美國出品。導演：伊力・卡山（Elia Kazan）；主演：費雯・麗（Vivien Leigh）、馬龍・白蘭度（Marlon Brando）。

生活因酒精而一塌糊塗的寡婦布蘭琪前往妹妹的居所，卻遭憎惡她的妹夫揭露黑暗的過去，慘遭精神上的逼迫。電影改編自田納西・威廉斯（Tennessee Williams）在百老匯大受歡迎的舞臺劇。

李・斯特拉斯伯格

李・斯特拉斯伯格，Lee Strasberg（一九〇一～一九八二），演員，表演老師，生於今日的烏克蘭，九歲時前往美國。學習俄羅斯知名表演理論家——史坦尼斯拉夫斯基的表演技巧，二十五歲開始舞臺演出。

累積嗎……

然後再慢慢沉浸……等待盈滿。

7／11

《慾望街車※》

明明必須寫劇本卻在逃避。

李·斯特拉斯伯格※是「情緒記憶」。

史黛拉·阿德勒※是「想像情境」。

表演的基礎該放什麼呢？關於這個問題有各式各樣的論點，很有趣。

夏布洛的《屠夫※》。

一九三〇年與史黛拉·阿德勒等人創立Group Theatre，擔任多齣戲劇的導演。一九四九年，就任Actors Studio的藝術總監，指導瑪麗蓮·夢露等家喻戶曉的演員。

史黛拉·阿德勒

史黛拉·阿德勒，Stella Adler（一九〇一～一九九二），表演老師，生於美國紐約。學習俄羅斯知名表演理論家——史坦尼斯拉夫斯基的表演技巧，與李·斯特拉斯伯格等人於Group Theatre展開活動。一九三四年前往俄羅斯，直接接受史坦尼斯拉夫斯基的指導。指導過馬龍·白蘭度、華倫·比提（Warren Beatty）等諸多演員。

《屠夫》

《屠夫》，一九六九年，法國／義大利出品。導演：克勞德·夏布洛；主演：史帝芬妮·奧德朗（Stéphane Audran）、尚·揚安（Jean Yanne）。

一名女教師懷疑與自己關係親密的

果然不管看幾次都很棒。

7／13

十一點，在飯店一樓餐廳和負責配樂的Aigui開會。

十二點和美術指導立頓開完會後，前往他推薦的披薩店。披薩店連門外都擠滿了人。烤披薩的明明是個看起來像兼差、三十出頭的小哥，但吃起來怎麼會這麼美味？這是我在巴黎吃過最好吃的披薩。一問之下，原來店家是直接從義大利進口起司的。

晚上，開始修改劇本。主角的名字定為「法比安」——丹妮芙建議用她自己的中間名。畢諾許的角色則是根據她希望由母親（丹妮芙）命名的要求，叫做「露米爾」。伊森的角色叫漢克。

退伍軍人是殺人犯。結局哀傷心痛的懸疑片。

漢克已經在腦海裡動起來了。

接下來就是露米爾了嗎……

7／16

勘景。

女兒一家降落的機場定為奧利機場※。

白天，今天也是在立頓的推薦下，前往一間位於蒙帕納斯的可麗餅店——Plougastel※。

我買了份鹽奶油加砂糖的口味當點心吃，簡單的搭配加上店家自製的發泡鮮奶油，又是個別說是巴黎了，應該是我人生中吃過最棒的可麗餅。

在相信立頓的美感前，我更先相信了他對食物的品味（對不起）。

世界杯足球賽法國奪冠，即使在飯店房裡，街上的歡呼聲聽起來仍然像地鳴

奧利機場
巴黎奧利機場，與戴高樂機場並列巴黎大門的知名國際機場。

Plougastel
Crêperie Plougastel，位於蒙帕納斯車站附近可麗餅戰區的可麗餅店，十分受歡迎。

一樣。雖然被告誡晚上最好不要上街，我還是前往附近的超市看看情況。超市收銀臺前排著幾個赤裸著上半身的男子，人手一瓶威士忌或是啤酒，還有人爬到路邊的車頂上。我從來沒有身在其中享受過這種「慶典」……總是不由得觀察起大家……所以這樣也很開心。

7／19

晚上八點和莎妮一起吃晚餐。

LA TABLE d'AKI。

一間由日本主廚經營的人氣法式餐廳。

儘管全部的菜色都是魚，料理手法卻十分纖細，一點也不會膩，了不起的美味。

7／20

法比安的現任丈夫決定由克里斯強・克勞耶※飾演。他像熊一樣，有著可愛的長相與體型。

克麗絲和製片妙莉葉經常意見對立，妙莉葉希望由比利時演員飾演這個角色，想辦法獲取比利時的補助。克麗絲不想埋這件事，想發好演員給導演看。兩邊的意見我都懂，但身為導演偏向哪一邊已不言而喻。

7／21

在試鏡和大大小小的會議中，我同時去場勘了自己的飯店——靠近拍攝場地蒙帕納斯的Hôtel Aiglon。

克里斯強・克勞耶

克里斯強・克勞耶，Christian Crahay（一九四九～），演員，舞臺劇導演，生於比利時。主要活躍比利時和法國的舞臺。作品有《日夜（Nuit et jour）》、《麗莎（Lisa）》、《記憶陷阱（Trouble）》、《奇遇（Une aventure）》等。

因為我聽艾瑞克說，這裡以前是路易斯·布紐爾導演固定住的地方。決定開拍後就從現在的飯店Maison Breguet搬過來。

完成接近「定稿預備稿」的劇本了。雖然還只是「接近」的階段。

「露米爾會不會太被動了？」雖然我不是不能理解這種質疑……但我不想讓她太主動。只有某處一個地方主動的話，倒是無妨。

我添加了伊森飾演的漢克去看法比安拍攝的描寫。

「行程很緊……」雖然尼可拉臉色發白，但既然漢克的設定是演員，就不可能一直在家裡等待吧。

我看了從東京寄來的《海街diary》最後一集〈我走囉〉。

鈴說：

「因為我的家在這裡。」

吉田秋生

吉田秋生（一九五六～），漫畫家，生於日本東京都。一九七七年以《有點奇怪的房客（ちょっと不思議な下宿人）》出道，以洗鍊的筆觸、細膩的人物心理描寫和龐大的故事世界為特色，持續在少女漫畫的第一線孕育炙手可熱的作品。代表作有《加州物語（カリフォルニア物語）》、《吉祥天女》、《比河更長更舒緩（河よりも長くゆるやかに）》、《櫻園》、《BANANA FISH戰慄殺機》、《海街diary》等。

《死者的生命》

《死者的生命》，一九九一年，法國出品。導演：阿諾·戴普勒尚；主演：蒂博·德·蒙塔朗貝爾（Thibault de Montalembert）、羅奇·萊博維西（Roch Leibovici）。一名企圖自殺的二十歲青年，徘徊在鬼門關外，少年的家人與親戚因這起事件齊聚一堂。電影鮮明地描繪出眾人各自的心理，為戴普勒尚的電影處女作。

因為找到了容身之處，所以何時都能回來。
所以能夠去遠方，去任何地方。
我寄了封E-mail給吉田秋生※，對她說：「謝謝」和「辛苦了」。

再過不久法國就要進入暑假了，在那之前要全力衝刺。
在飯店看了《死者的生命※》，
不在場的死者身邊人們的故事……
《我如何爭辯（我自己的性生活）※》
戴普勒尚和艾瑞克搭檔的作品。
我現在才發現瑪莉詠·柯蒂亞※有演《我如何》這部片。

《我如何爭辯（我自己的性生活）》
《我如何爭辯（我自己的性生活）》，一九九六年，法國出品。導演：阿諾·戴普勒尚；主演：馬修·亞瑪希、艾曼紐·德芙、瑪麗安·德尼庫（Marianne Denicourt）、瑪莉詠·柯蒂亞。故事以一名工作和感情都陷入停滯的二十九歲大學講師為主角，是部描繪人生樣貌的群像劇。二〇一五年推出續集《那些年狂熱戀情》。

瑪莉詠·柯蒂亞
瑪莉詠·柯蒂亞，Marion Cotillard（一九七五～），演員，生於法國巴黎。戲劇學校畢業後，十六歲以電影出道。經歷《我如何爭辯（我自己的性生活）》、《終極殺陣》系列後，二〇〇三年以《大智若魚》進軍好萊塢。二〇〇七年主演的《玫瑰人生》令她聲名大噪。其他還有《未婚妻的漫長等待》、《華麗年代》、《烈愛重生》、《浮世傷痕》、《兩天一夜》等代表作。

7／23

十一點，和艾瑞克在飯店開會。

他稱讚我（接近）定稿預備稿的劇本更好了，節奏也更順暢。

「我的工作是從這份劇本製作總譜。

一份六到八頁的表，將場景結構做成表格。

再從這裡設計拍攝角度、燈光。」

我稍微和艾瑞克談了一下昨天看的戴普勒尚。

「戴普勒尚喜歡柏格曼※所以想用伸縮鏡頭。我想，你的作品應該幾乎沒有伸縮鏡頭……這次也是用這種風格拍嗎？不用現在決定沒關係，請你先想一下。

攝影機我想用Arriflex※，鏡頭想用徠卡※。

柏格曼
英格瑪・柏格曼，Ingmar Bergman（一九一八～二〇〇七），電影導演，生於瑞典。二十世紀的電影大師代表之一。一九五七年，以《第七封印》揚名後再以《野草莓》、《處女之泉》等寓意深遠、影像完美嚴謹的作品獲得極高的評價。其他代表作還有《秋光奏鳴曲》、《芬妮與亞歷山大》等。

Arriflex
Arnold & Richter Cine Technik公司製作的數位電影專用攝影機。

徠卡
Leica，相機、電影攝影機的知名品牌製造商。二〇〇八年起也開始製作電影拍攝專用鏡頭。

最近很多人拍膠卷的時候四個孔全都不用，或是只用三孔或兩孔，拍完後再放大。

這樣比較能保持膠卷的質感，不會拍出太銳利的畫面。先做底片測試再決定吧。」

李安※因為「手持攝影感覺得到導演所以不喜歡。」

阿薩亞斯※認為「手持攝影比較感覺不到導演。」

我一這麼說，艾瑞克便意味深長地笑了，真相不只有一個。

下午四點，和副導尼可拉開會。

「十月五日，從機場戲開鏡。伊森．霍克十一月十六日離開巴黎。

在那之前，也有些部分無法按順序拍攝，希望導演能理解。

克萊門汀一天最多只能拍四小時，丹妮芙中午前不能拍攝。」

李安

李安（一九五四～），電影導演，生於臺灣。國立臺灣藝術學院影劇科畢業後前往美國，於伊利諾伊大學、紐約大學研究所專攻電影。以《喜宴》（一九九三）獲得注目，《飲食男女》、《理性與感性》等作品奠定影壇地位。其他還有《臥虎藏龍》、《綠巨人浩克》、《斷背山》、《少年Pi的奇幻漂流》等代表作。

阿薩亞斯

奧利維耶．阿薩亞斯，Olivier Assayas（一九五五～），電影導演、編劇，生於法國巴黎。代表作有《夏日時光》、《星光雲寂》、《私人採購》，並以編劇身分參與安德烈．泰希內導演的《激情密約》、《犯罪現場》、《甜蜜愛麗絲》等作品。

尼可拉提出了頗嚴峻的條件，我先暫時接受再重新思考一下。

7／24

早上九點半，與服裝設計帕斯卡玲開會。

抵達巴黎的露米爾與漢克會洗澡後換衣服嗎？

由於預期外的發展而必須長期待在巴黎，衣服會不夠嗎？要去買衣服嗎？是買UNIQLO？GAP？比起衣服的形象，更重要的是需要幾套？何時要換什麼樣的衣服？——諸如此類具體的內容。這些也都可以反映在劇本修改中，是場很有意義的討論。

《W的悲劇》

《W的悲劇》，一九八四年，日本出品。導演：澤井信一郎；主演：藥師丸博子、三田佳子、世良公則。

以夏樹靜子的同名小說為藍本的青春懸疑片。成功獲得主角演出機會的劇團練習生被捲入了一樁案件。電影刻劃了主角身為一名演員成長的姿態與戀愛的樣貌。

《倫敦間諜戰》

《倫敦間諜戰》，一九六七年，英國出品。導演：薛尼·盧梅（Sidney Lumet）；主演：詹姆士·梅遜（James Mason）、哈里特·安德森（Harriet Andersson）、麥斯米倫·雪爾（Maximilian Schell）、西蒙·仙諾。

挑戰英國情報員身上糾葛的謎題與其幕後黑手的重量級間諜懸疑片。約翰·勒·卡雷（John Le Carre）首部長篇小說的電影版。

7/29～30

前往首爾參加《小偷家族》公開活動。

8/5

返回巴黎。
工作人員還在放假。
《W的悲劇※》。
薛尼·盧梅，《倫敦間諜戰※》。
《血紅街道※》。
《綠窗豔影※》。

《血紅街道》

《血紅街道（Scarlet Street）》，一九四五年，美國出品。導演：弗里茨·朗格（Fritz Lang），主演：愛德華·羅賓森（Edward G. Robinson）、瓊·貝內特（Joan Bennett）、譚·寶儀（Dan Duryea）。

一直以來過著平凡人生的男子，在救了一名演員練習生後，命運開始天翻地覆。電影大師弗里茨·朗格的黑色電影傑作。

《綠窗豔影》

《綠窗豔影（The Woman in the Window）》，一九四四年，美國出品。導演：弗里茨·朗格，主演：愛德華·羅賓森、瓊·貝內特、雷蒙德·梅西（Raymond Massey）、譚·寶儀。

犯罪懸疑片，一名犯罪心理學教授，為裝飾在櫥窗裡的畫像深深著迷，步入中老年的男子牽扯上充滿魔性魅力的女人，一步步被捲入事件中。

《蘿拉》※，
好喜歡這部電影，南特※城非常美麗。
《蒙巴爾納斯的情人》※，
安諾・艾美※演得真好。
《受影響的女人》※。

8／10

開始著手邁向定稿的劇本修改。

我稍微思考了一下故事中登場的演員們各自的表演信仰，做了個分類。

希望可以用別太格式的方式讓演員去背負表現就好了。

法比安——「我就是我，演員是一種存在感吧？方法演技（情緒記憶）什麼的才不可靠。」

《蘿拉》

《蘿拉》，一九六〇年，法國出品。導演：賈克・德米。主演：安諾・艾美、馬克・米楔（Marc Michel）、傑克・阿德蘭（Jacques Ardouin）。以酒店舞女維生的女主角與青梅竹馬的青年分別十年後再次重逢。以法國港都為舞臺所編織的淒美故事。

南特

法國西部盧瓦爾河的沿岸城市，歷史悠久，城中還遺留著中世紀布列塔尼公爵的城堡。今日的南特則是大街小巷充滿當代藝術的藝術文化大城，也以賈克・德米的故鄉廣為人知。

《蒙巴爾納斯的情人》

《蒙巴爾納斯的情人（Les amants de Montparnasse）》，一九五八年，法國出品。導演：賈克・貝克（Jacques Becker）；主演：熱拉爾・菲利普（Gérard Philipe）、里

莎拉和曼儂——想像力，讓觀眾看見看不到的事物，無論是過去還是未來（阿德勒）。

漢克——觀察（法比安批評他：「你只是在模仿而已。」）。

美國表演老師麥斯納（Meisner）說：「演員之間透過精準的反應，為彼此的演技貢獻。」

這也就是溝口健二所說的「反射※」。這是現在最符合我的觀點。因為在我眼裡，總覺得「方法演技」只能和自己的過去對話，所以表演看起來很獨斷。

法比安透過曼儂面對莎拉，來到這裡——這樣才是美好的經歷……

* * *

諾・范杜拉（Lino Ventura）、安諾・艾美。畫家莫迪里亞尼（Amedeo Modigliani）的傳記電影。莫迪里亞尼受貧窮與絕望折磨，年紀輕輕便離開人世，得年三十六歲。電影描繪了儘管臥病在床，好友卻始終支持自己的畫家餘生。

安諾・艾美

安諾・艾美，Anouk Aimee（一九三二～），演員，生於法國巴黎。以電影《幽會（La Maison sous la mer）》踏入影壇，受到費德里柯・費里尼、賈克・德米等多位名導起用的歐洲代表性女演員。代表作有《蒙巴爾納斯的情人（Les amants de Montparnasse）》、《男歡女愛》、《生活的甜蜜》、《蘿拉》等多部電影。

8／27

十點和製片妙莉葉針對主角房子的事召開緊急會議。

妙莉葉說住戶抬價——

之前星期四時，大家一起開會，應該已經定案了才對，但這個星期四對方又提出了新的條件。

對方覺得我們這邊有錢，反反覆覆更改條件，無法信任。據說原定的美術預算光是這棟房子就已經超支了，她想重新找別的物件備案。

就算要在這棟屋子拍攝，原本要當夏洛特房的房間布景時也不要用，想盡可能減少房子的使用比例。

沒辦法。雖然接受妙莉葉的說法，但我表示那棟房子畢竟是第一順位，希望她能耐心和對方交涉。

因為臺詞是在屋裡一邊走一邊寫出來的，已經是符合那個空間的劇本了。

《受影響的女人》

《受影響的女人》，一九七四年，美國出品。導演：約翰．卡薩維蒂；主演：吉娜．羅蘭、彼得．福克（Peter Falk）。

女主角儘管深愛著丈夫與孩子，卻因過於強烈的善感而在日常生活中精神耗弱。電影刻劃了在現代生活中逐漸崩毀的「平凡女性」，是卡薩維蒂最精彩的傑作。

溝口健二說的「反射」

以《雨夜物語》、《山椒大夫》等片而聞名的電影導演——溝口健二（一八九八～一九五六），經常對演員說：「請反射一下。」意思是收下其他演員的臺詞與動作，給予反應，發揮自己演技的意思。

妙莉葉發表了對定稿的感想。

「你又增加漢克的拍戲場面了。」她抱怨。

「尾聲變得非常好。」

「法比安的無力、脆弱也出來了。」

「故事聚焦在母女身上，變得更容易理解了。」

「『布洛涅森林』有賣春的形象，要小心。」

「莎拉這個名字是猶太名，寫的時候請意識到這一點。」

妙莉葉對劇本提出的建議非常具體和精準，雖然擔心這樣是不是有點太干涉導演的領域了，但十分具有參考價值。

《傾城傾國慾海花※》

《魂斷梅耶林※》

丹妮兒·達西兒的堅強意志充滿魅力。

《傾城傾國慾海花》

《傾城傾國慾海花》，一九五五年，法國出品。導演：馬克斯·歐弗斯（Max Ophüls）；主演：瑪丁·嘉露兒（Martine Carol）、彼得·尤斯汀諾夫（Peter Ustinov）、安東·沃爾布魯克（Anton Walbrook）。電影改編自小說，描述十九世紀末，周旋於路德維希一世等眾多男人間的舞伶——蘿拉·蒙提思的真實人生。

《魂斷梅耶林》

《魂斷梅耶林（Mayerling）》，一九三五年，法國出品。導演：阿納托爾·利特瓦克（Anatole Litvak）；主演：卻爾斯·鮑育（Charles Boyer）、丹妮兒·達西兒、尚·達克（Jean Dax）、尚·德布庫（Jean Debucourt）。一段皇太子與男爵千金不被允許的戀情，根據真實故事改編的悲戀故事。

看完《桑福德．麥斯納的表演※》，非常有趣。

「演戲不是說話，而是用別人來活著。」（八二頁）

「時間一流逝，過去的意義便會改變。這就是我討厭『情緒記憶』的原因之一。」（一四四頁）

麥斯納說的一點都不錯。我認為，所謂的記憶並不像固定的化石，而應該是更靈活的事物。每一次根據「記住（remember）」這個行為靈活啟動的，便是記憶。

我也覺得方法演技這個技巧掌握過去的方式太靜態了。

原來露米爾發現了麥斯納的這個觀點，或者應該說是抵達了這個境界啊。一定是這樣沒錯。

《桑福德．麥斯納的表演》

《Sanford Meisner on Acting》，對美國戲劇界有莫大貢獻的表演老師桑福德．麥斯納（Sanford Meisner）和丹尼斯．隆威爾（Dennis Longwell）所撰寫的戲劇學校記事。

8／30

二十八日，十一點半從飯店出發尋找新的房子。

在維拉達福瑞（Ville d-Avray）找到一間把綠色搭配得很美的房子，雖然和巴黎市中心有點距離，但應該沒關係吧。明天就在這個空間修改劇本看看吧。

一直到二十九日凌晨四點都在修劇本，想到了很多好點子。

儘管昨天和今天遭遇危機，應該說正因為危機或是生氣的關係，或是時差調好的緣故，雖然睡眠不足，但大腦狀態很好。

後天要出發前往美國，今明兩天就盡可能地推進進度吧。

勘景移動過程中，我在車裡也有了些靈感。

結果我每次都是在移動過程中想到點子。在搖晃的車子裡寫筆記很辛苦。

戲中戲裡，飾演艾美的法比安對母親說：「能當妳的女兒真是太好了。」這是女兒「善意的謊言」。

母親對女兒說了「善意的謊言」後，終於察覺了這件事。然後法比安獨自看著劇本，撩起頭髮。

她心想明天要重演一次那段戲。虛幻與現實在法比安的心中交錯，抵達「真實的真相」……

這麼一來，看完電影後，戲名的「真實」就有了雙重意義，或是隱含一種諷刺的餘韻。

先不論細節，這樣不就可以看到法比安的目的地了嗎？

原本零散的點全都有生命地串聯起來。

原來今天就是「那一天」嗎……

8／31

劇本修改進行得很順利，因此我帶著舒暢的心情前往美國特柳賴德電影節※。

我在飛機上繼續修改劇本。

將漢克改為曾是一名酒精中毒患者。我寫了封信給伊森。

漢克因此在妻子婚後首次回娘家時沒有陪同，心懷愧疚。

之前和伊森聊天時他說：

「漢克如果有什麼弱點或缺點的話會比較好演。」

「我特地從紐約來到巴黎這個家的理由是什麼？」

我一直很煩惱該怎麼回答這兩個問題，這樣算某種程度的解決了吧？

漢克被傑克拉去市場採買時，拿起一個非洲木偶買回家。

這其實很像漢克的父親——漢克的演技是在模仿出獄的父親——之後想用這種方式收回這條線。好主意。

特柳賴德電影節
Telluride Film Festival，一九七四年起，每年在美國科羅拉多州特柳賴德舉辦的電影節。

親愛なるイーサン ホーク様

御無沙汰しております。是枝です。
6月にパリでお会いしてから早いものでもう
2ヶ月が経ってしまいました。
パリの街は先週から急に秋めいて、朝晩は
かなり冷えこみます。9月まで残暑の続く東京とは
季節の移ろうスピードが随分違うようです。
さて。お待たせしていた脚本が出来上がりましたので
お送りいたします。とはいえ、ここから本読み、リハーサル
を重ね、もう一度直した上で撮影に臨みますので、
そのつもりでいて下さい。
前回パリに来て頂いて家族3人の様子を見られた
ことは、脚本作りにはとてもプラスでした。
頭の中であの時の3人を動かしながら脚本が書け
ました。

/

親愛的伊森・霍克：

久疏問候，我是是枝。

自從6月在巴黎見面後，時光飛逝，已經過兩個月了。

上週起，巴黎街頭便突然出現秋意，早晚非常涼，與東京夏日餘威會持續到9月的情況相比，季節流轉的速度似乎十分不同。

話說回來，讓您久等的劇本已經完成了，會再寄過去。不過，我們接下來會反覆讀本、排練，再修改一次後才拍攝，還請留心。

前次承蒙您來巴黎，看到角色一家三口的樣子對寫劇本非常有幫助。

我是一邊在腦海中驅動當時的那三個人，才得以完成劇本的。

いくつか大きな変更点が前回の脚本からありまして、
1つは、ハンク（イーサン改め ハンクです！）が
撮影所に行って クレールとマノンのお芝居を
見るようにしたことです。役者として、やはり、前の晩
にあの独白を、意味はわからずとも目の当たりに
したら、行くのが自然だと思いました。

これは、ちょっとご相談しながらと思ってまだ
課題として残っていることが2つほどあります。
1つは、彼の芝居のバックボーン。
彼は演劇学校に通っていたわけではなく、エキストラ
からの叩き上げで、遅咲きで人気の出たタイプだと
考えていますが 演技設計の中心に置いているのを
「観察」にしています。自分の父親の記憶に基づいたり、
街の人々を参考にしたり… そんなあり方にリアリティが
あるでしょうか。

もう1つ、課題は… 今、ハンクはとても良い人
なので… どこかに弱点や欠点を作って

2

上次的劇本做了幾個大更動。第一，漢克（伊森改為漢克！）會去攝影棚看克萊兒跟曼儂演戲。身為一名演員，儘管不能理解前晚的那段獨白，但既然都親眼目睹了，果然要去拍攝現場才比較自然。

這部分想和您稍微討論一下，結果又大約留下了兩個課題。

一個是漢克的表演信仰中心。

漢克並沒有唸過戲劇學校，而是從臨時演員熬出頭，大器晚成才受到歡迎的演員類型，我在他表演設計中心裡放的是「觀察」。以自己對父親的記憶為基礎，或是參考路人等等……不知道這種方式是否有真實感呢？

另外一個課題是……因為現在的漢克是個非常好的人……我想幫他創造某些弱點或缺點。

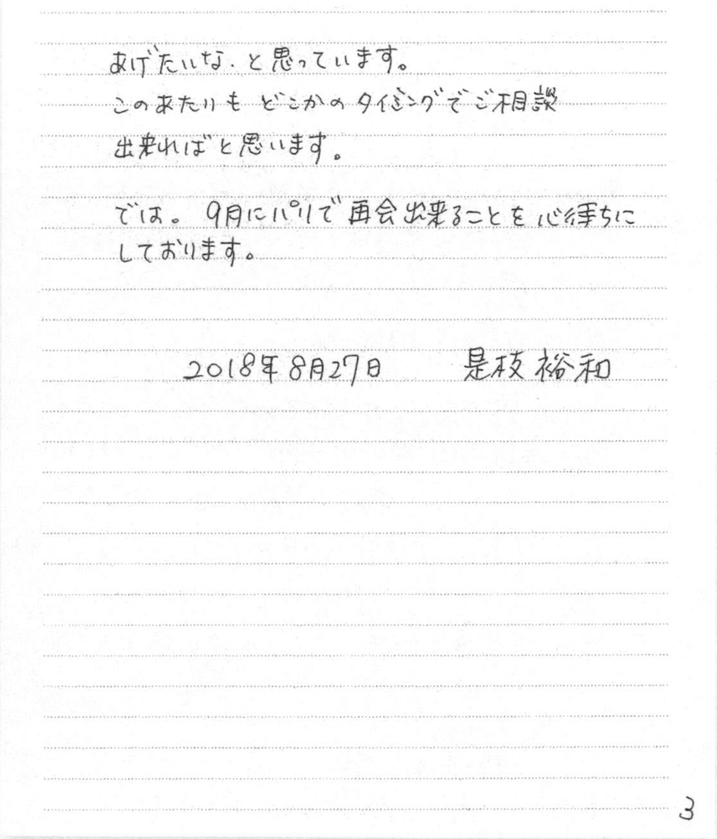

あげたいな、と思っています。
このあたりも どこかのタイミングでご相談
出来ればと思います。

では。9月にパリで再会出来ることを心待ちに
しております。

2018年8月27日　是枝裕和

3

關於這部分，也希望在什麼時機下能和您討論。

那麼，衷心期待9月能在巴黎和您再見。

2018年8月27日 是枝裕和

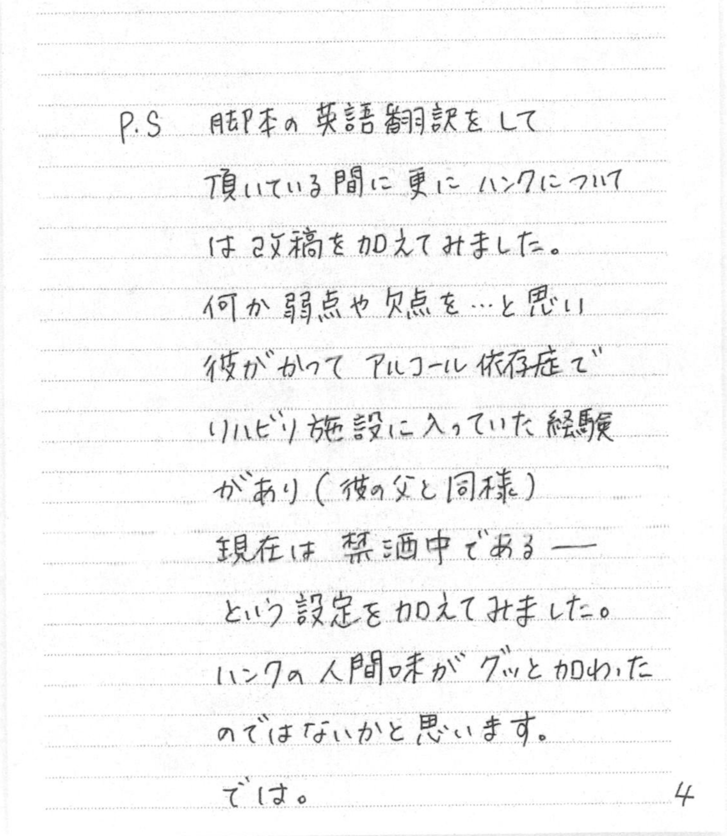

P.S　脚本の英語翻訳をして
頂いている間に更にハンクについて
は改稿を加えてみました。
何か弱点や欠点を…と思い
彼がかつてアルコール依存症で
リハビリ施設に入っていた経験
があり（彼の父と同様）
現在は禁酒中である——
という設定を加えてみました。
ハンクの人間味がグッと加わった
のではないかと思います。
では。　4

P．S．
在劇本翻譯成英文的這段期間，我又試著修改了漢克的部分。
心想著要給他些弱點或缺點……
加了這樣的設定：
他曾經因為酒精成癮而去過勒戒機構（跟他父親一樣）。
現在正禁酒中——
這樣一來，漢克是不是瞬間變得更有人味了呢？
那麼，就這樣了。

陪跑

製片　福間美由紀

這十年來，導演有間每次在巴黎都會住的飯店——位於左岸第六區的Bel Ami。這裡早餐的蜂蜜火腿非常美味。拍攝這部作品時，分別是二〇一七年春天至二〇一八年春天的勘景、試鏡以及二〇一九年夏天最後的製作階段住在這裡。Bel Ami，意思是「益友」。

這部作品企劃的契機也是透過電影所產生的友誼。二〇〇五年後，在法國是枝裕和電影公關的馬蒂爾·因切蒂小姐的介紹下，我們得到了多次和茱麗葉·畢諾許見面的機會。二〇一一年二月，在我所負責的CoFesta活動中，茱麗葉·畢諾許和是枝導演登上講臺，以「何為演員？何為演戲？」為題，展開了超過三小時的熱烈對談。活動後，我們前往冬日的京都旅行做為慰勞，畢諾許提出邀請：「總有一天我們一定要一起拍個電影。」導演毫不猶豫地回答：「一定。」同行在側的我，心中暗自激動，卻又隱隱覺得這件事如夢境般不真實。不過，航向夢想的船便是在那時緩緩啟動的。

雖然冒昧，但我還是想一邊回憶這個企劃從出發，到身為製片陪在導演身邊奔跑時所看到的風景，一邊寫下一路累積下來的點滴，希望能夠讓讀者隱約勾勒出導演面對這部作品的視線與背影。

導演開始慢慢和畢諾許來回交換想法，雖然畢諾許提議改編背景設在日本的法國小說，導演卻興致缺缺，似乎是因為他想刻劃一個以法國為背景，演員都是外國人的故事，這個想法十分堅定。

二〇一五年十月，我們前往巴黎為《海街日記》做宣傳。某天晚上，公關馬蒂爾邀請我們到她家晚餐，親手做義大利菜給我們吃。其中的千層麵實在美味不已。席間，八個法國人熱熱鬧鬧地開講，餐桌上交織各式各樣的軟硬話題。總之，呈現女生都個性強悍又愛說話，男生則是乍看之下不太可靠卻溫和在一旁守護這樣可愛的關係，將是枝裕和的電影搬到了現實中。導演對這個場面十分有興趣，頻頻說著：「法國家庭那樣用餐的場面很棒吧？」、「好想拍喔。」踏上了歸途。那天晚上，我因為感冒纏身發著高燒，意識模模糊糊地居中翻譯，卻記得我聽著導演腦海裡浮現的畫面，想像力一面奔馳，心想導演之後是不是會創造出什麼嶄新的家庭餐桌場面呢？

一次，導演給了我一份名為《在這樣的雨天》的大綱，故事基礎是導演十六年前未完成的戲劇，全劇僅以老牌女演員的休息室為舞臺，最早的劇名叫《寄物》，是個描述友情的故事。導演想到要大膽改寫這齣戲，變成法國老牌演員的母親與無法成為演員的女兒之間的故事。而如果是在法國拍攝的話，他想拍凱薩琳·丹妮芙，想在自己的作品裡，以母女故事的形式實現丹妮芙與畢諾許這兩位在國外極受尊崇的演員初次合作。說起近年來法國等歐洲地區的家庭題材，多以移民和種族問題為背景，但導演並不在這點上假裝自己很懂，而是找出了電影／演技這樣的切入點。在所謂家庭題材的普遍性包裝下，湧現的是對法國電影史的敬意、二十五年來持續透過攝影機與「女演員」這個存在對峙並為之著迷後的觀察與愛、以及「何謂演戲？」這個導演內

難得去美術館。羅浮宮裡讓導演久久駐足，為之著迷的，是維梅爾小巧的傑作。維梅爾是十七世紀的荷蘭畫家，一直以人們的日常生活為題材描繪風俗畫。導演是不是正在思考接下來要在巴黎描繪什麼樣的故事呢？

榮獲金棕櫚獎後，坎城。

心必然會萌生的深刻提問——這個企劃於焉啟動。

二〇一五年十二月，修改最初的大綱後命名為《真實的凱薩琳》。主角是丹凱薩琳，女兒是茱麗葉，女婿是伊森。角色是根據這三名演員打造，角色名稱也直接借用演員的名字。故事主要內容已經完成，看了覺得十分有趣。身為製片，內心對於實現這個企劃激動得不可思議，同時也感到責任之重，繃緊了神經。我手中拿著大綱，心想該如何一步步完成。雖然一切都在摸索，但比起追求創作一部所謂法國風的電影，我思考的反而是該如何守護是枝裕和電影的原創性，將導演的作風帶到法國。

首先，是針對製作結構（體制）的討論。一開始，我曾想過如果資金全都在法國籌募，拍一部單純的法國電影也不錯。不過，在調查和聽聞過去各式各樣案例的過程中，我改變了想法，認為或許還是採取日法合作的模式導演比較好創作。一手包辦原著、劇本、導演、剪接是是枝裕和電影的特徵，至今，導演已經有了在日本培育出來的個人風格。當然，我做好了入境隨俗的心理準備和期待，也打算在法國尋找能夠尊重導演風格的夥伴。儘管如此，與拍一部全法國資金的法國電影，搭上別人一切都準備妥當的環境相比，最重要的是建立一個導演可以從頭到尾掌握創作主導權（包含角色、工作人員等）的模式。光是在「國外」這點，就有各式各樣的隔閡與落差，因此才更需要在能預測的範圍內制訂對策，讓導演去法國前製時盡可能無縫接軌，如同身在日本般的放鬆，得以專注在工作上，我認為這是最關鍵的事。因為導演若能以創作拍片為優先，發揮本領的話，便一定能孕育出最棒的電影。

基於這個想法，我判斷要採取日法擁有相同發語權的合作方式。一切決策過程我也要參與，在每個關鍵說明導演的風格，努力讓法方也能充分理解其意圖和必要。直到現在我還是認為，雖然在資金、人力上日本的參與降到最低，但在製作結構上，「合作」是必須的選擇。順帶一提，我和導演商量當時的選擇後，他說：「我哪種模式都可以喔，選妳覺得做起來比較方便的。」導演這種柔軟的說詞總是讓我無力卻又有某種獲得救贖的感覺。

我也和畢諾許與馬蒂爾討論了法國製片的人選。在列了數名人選後，最終於二〇一七年的春天，確定由3B的妙莉葉．梅林小姐加入團隊，她曾經負責過畢諾許主演、布魯諾．杜蒙（Bruno Dumont）執導的作品等影片。從這時起，我們預計拍攝時間為二〇一八年秋天，也開始討論資金籌備、整體進度、國際代理銷售窗口的選擇。接著，與3B針對日法合作交涉導演、劇本、共同製作合約等事項。一整年，每日每夜都在和法文合約奮戰。他們經常自豪，同時也是想讓我放心地說：「法國是全世界最尊重導演著作權的國家。」的確，包含導演酬勞和企劃開發費用的方式在內，各項合約的文字在在都透露出法國成熟的制度設計以及背後支撐這一切的哲學與對電影的理解。我一說：「日本不太有這種想法，真棒呢。」他們便立刻回答：「因為這是我們抗爭後贏來的。」反之，也就是沒必要和日本一起卑躬屈膝吧。不過，日本既不像法國以及模仿他們的韓國，國家對文化產業有無微不至的支援，也不像美國在文化藝術方面聚集了高額的民間捐贈，從主流到獨立製片的數量之多都是日本無法相提並論的。日本大約介於這兩者之間，幾乎靠獨立充實的國內市場支撐，十分特殊。根據這些現狀，應該也很難輕易採用其他國家的理論，我們究竟該以誰為榜樣，朝哪個方向努力，也有許多課題要面對。另一方面，法國以銷售界為主，也有些電影人不停反對國家歷來的保護策略。在尊重本國文化、保護電影多元性的制度下所失去的是什麼呢？我們必須持續對事物的一體兩面保持思考。

《真實》獲得了管理法國電影行政的CNC（法國國家電影暨動畫中心）核可。為了將這套公家補助系統（總預算約八百億日幣，二二〇億臺幣）活用到極限，我們在盡可能的範圍內提高了「法國元素」。這套系統採積分制，將電影製作、演員、工作人員、語言、地點等和法國的關聯性換算成分數，總積分為獲得補助核可的重要基準。《真實》的劇本、導演、剪接和一名製片為日本人，一名主要演員為美國人，配樂是俄羅斯人，除此之外全都是法國分數。

CNC的補助系統有自動性補助與選擇性補助。自動性補助的概念也就是重新分配民間資金，從電影院入場稅（票價的10.7%）、電視臺營業稅、DVD消費稅等確保經費來源後，再根據作品的商業成果，將一定比例的補助金自動歸還給創作者，用以創作下一部作品。選擇性補助則是針對製作、發行、播映項目由各別的審查委員會甄選作品和補助金額。自一九五九年制度實施以來，也積極挑選新進導演、女性導演、大型製片公司製作外的挑戰作品，為電影多元化做出貢獻。

《真實》得到的是自動性補助中的製作費預借制度（Avance sur Recettes），以法國電影或是法方為主的合作電影為對象。光是這項制度一年大約就有兩千九百萬歐元（九億七千萬臺幣）的支付，平均一部片的補助金也十分可觀。甄選分兩階段，第一階段的劇本、書面審查中，會從四十～五十個應徵企劃裡留下約二十部片。第二階段的面試再由審查委員會挑出最後五、六部電影。二〇一八年六月二十八日，我們在巴黎接受了審查面試，回想當天——早上，我和導演、妙莉葉、馬蒂爾以及口譯蕾雅·德米那（Lea Le Dimna）抵達十六區呂貝克街（Rue de Lübeck）的CNC，館內的工作人員說，他們預定下週就要大規模搬家到十四區的拉斯拜爾大道（Boulevard Raspail）。我看見接待室前的走廊上貼了二〇〇九年坎城影展的海報，跟導演說：「是《空氣人形》的時候吧？」導演只回了句：「是啊……」畢竟處於正式上場的前一刻，導演的背影緊張而專注。一進入面試審查的房間，迎面是呈U字型排列而坐的審查委員：三名電影製片、兩名導演、一名編劇、一名剪接師、一名電影雜誌編輯、一名電影記者，共九名。雖然CNC是隸屬文化部的機關，負責審查的人卻不是公務人員而是電影人。面試時間十五分鐘，導演要向審查委員簡報。為什麼要在法國拍電影？為什麼是這兩位女演員？為什麼拍家庭故事？如何跨越語言隔閡？導演根據我們前一天類似預演練習的內容向委員大致說明，面對一連串的提問也臨機應變，一一作答。像是問到修改劇本時有沒有發生什麼特別的事時，導演便提起日法之間家庭臥房的文化差異：「和工作人員開會時他們跟我說，法國的親子不會睡『川』字型，更不覺得那是幸福家庭的日常風景，反而會覺得很奇怪，認為『六歲的小孩沒有自己睡覺是心理有缺陷嗎？』、『夫妻兩人沒有睡同一張床嗎？』、『咦？是婚姻危機嗎？』」導演夾帶幽默說明時，也引起了哄堂大笑。關於資金籌備則是由製片說明。與日本文化廳只有書面審查的製作補助不同，這種經過專業審查標準的口頭報告、公開遴選企劃的模式，更透明也更健全。隔天，大家和伊森一起圍著桌子吃飲茶時，傳來了捷報，內心鬆了一口氣。

話題再回到製作的進展上吧。二〇一六年四月下旬，我們將法文版的大綱寄給了畢諾許。她驚訝地說：「我最近才和丹妮芙一起在非洲出席了一場慈善活動，是場很棒的會面呢。伊森則是一週前才剛用skype通過話，世界真的太小了！」故事才剛下筆，戲裡的家人在現實中便同步有了連結，這也是電影的魔力。

五月，因為《比海還深》造訪坎城，和畢諾許見面。「雖然演技也容易被認為是一種謊言，但對我而言反而是屬於真實的。」畢諾許從自己的演技哲學談到二十世紀前期兩大悲劇女演員莎拉·伯恩哈特（Sarah Bernhardt）與愛琳諾拉·杜斯（Eleonora Duse）演技間的比較（由外側、肢體動作進入角色還是從內側、感情面塑造角色？），導演聽得津津有味。回國後，導演說他也想思考看看劇中演員各自表演信仰的差異，開始涉獵史坦尼斯拉夫斯基的表演體系和李·斯特拉斯伯格等歐美表演理論與表演史的書籍。

二〇一七年四月初旬，我們前往巴黎宣傳《比海還深》。於Bel Ami和丹妮芙對談。丹妮芙是個不折不扣的影痴，不只是枝裕和的電影，也經常到電影院觀賞日本和亞洲電影。當她微笑著說最喜歡成瀨巳喜男的《浮雲》時，可以窺見她和導演似乎會越來越合拍吧。

九月，前往巴黎郊區幫主角家勘景。導演常說：「家庭故事靠房子決定一切。」他很重視幾件事，一是要有楓紅的庭院，二是跟《日落大道》裡被時代遺留下來的大牌女星不同，要給人雖然事業和人生面臨暮年，卻依舊在戲劇最前線的演員女王形象，還有要能感受到家族代代生活過的時間。

此外，在這次滯留巴黎期間，導演親自對丹妮芙進行了一場長時間的訪談。對丹妮芙的大半生如兒時的家族回憶、和女兒齊雅拉（Chiara Mastroianni）之間的關係、與賈克．德米、法蘭索瓦．楚浮、安德烈．泰希內的合作等提問。當問起「覺得自己繼承了誰的女演員基因？」時，丹妮芙馬上回答：「丹妮兒．達西兒。」問到「那麼，誰繼承了您呢？」時，她則回答：「法國沒有喔……凱特．溫絲蕾和娜歐蜜．華茲吧。」導演將這段互動用來做電影開頭記者採訪的場面（丹妮芙當時說的演員名字有加入臺詞也有拍下來，最後卻剪掉了）。藉由這次停留的成果，導演開始一次次修改長篇大綱。導演問能不能把劉宇昆《母親的記憶》用在戲中戲上，我便立刻展開原作著作權的交涉。十一月底，初稿完成。

二〇一八年三月，搭配《第三次殺人》在法國上映，我們在巴黎待了兩週，期間對丹妮芙進行了第二次長時間訪談。丹妮芙看完初稿的感想是：「這個主角價值觀太老派了，至少要『現代化』到新浪潮時代才可以吧？請把名字（不要用凱薩琳）改成別的。」半年後，主角的名字塵埃落定，改成丹妮芙的中間名「法比安」。此外，丹妮芙直視導演的眼睛，前前後後講了三次「拍攝地點一定要在巴黎喔，郊外不好啦。」丹妮芙的愛犬傑克，從頭到尾都在一旁閉目聆聽。談話暫告一個段落後，傑克的狗狗朋友們聲勢浩大地登場，訪談在混亂中結束。丹妮芙跟我們推薦了附近好吃的披薩店後說著：「A bientôt（再見）！」和傑克一起離開了飯店。除了說話內容外，她的口氣和舉止全都任性卻迷人，導演不斷低聲地說：「好輕快的人啊。」演員本身的這份「輕快」，也成為主角和整部電影的調性，奔流在大螢幕裡。

作為導演臂膀的攝影指導，決定由我們殷殷期盼的艾瑞克．高帝耶擔任。他是曾在《屬於我們的聖誕節》和丹妮芙、《夏日時光》和畢諾許有現場合作經驗的資深攝影師，近年來也參與華特．沙勒斯、賈樟柯等導演的作品，拓展了法國之外的領域，就這些點而言，是我們認為最適合這部片的攝影指導。艾瑞克也一起加入勘景，找到了十四區聖雅各路上理想中的獨棟建築。導演特別是對面向庭院的陽臺一見鍾情。這樣一來，也實現了丹妮芙在巴黎市內拍攝的願望，放下心中的大石。

房子現實中的地理位置被豐富運用在劇本中。屋後有巴黎唯一碩果僅存的監獄（桑德監獄，Prison de la Santé，一八六六年～），一部知名越獄劇的劇情便是從這裡展開，由此，為漢克加了因為越獄影集獲得觀眾歡迎的設定。此外，通過門前的電車給了導演靈感，添了一段在夜晚落葉紛紛的庭院中，母女倆側耳傾聽電車聲，若無其事的對話，有著濃濃的秋日色彩。

另外，進行了新生代女演員和小孩子的角色試鏡。請了也曾負責過麥可．漢內克作品的選角導演——克麗絲．波堤耶（Kris Portier）加入製作團隊。新生代女演員角色的第一階段面試，是從事先寄到日本的文件和影片中精挑細選出約二十名演員。我們節選《彗星美人》、《池畔謀殺案》、《星光雲寂》和本片的劇本，請試鏡者試戲。導演對法國年輕演員的演技的基本水準驚嘆不已，其中，曼儂．柯莉薇更是出類拔萃。當她以迷人的沙啞嗓音（這與劇本中「嗓音和莎拉相似，宛如『溫柔的嘆息』」的部分相連）演出本片的其中一場戲時，全場變得鴉雀無聲。當導演突然起身開始教戲後，她的演技也確實做出改變，令人渾身起了雞皮疙瘩。「現在似乎變成四：六，期待稍微勝過擔心的感覺……」導演也覺得不錯，露出略微安心的表情。另一方面，我們則是從六歲左右、英法雙語的女孩中尋找飾演夏洛特的人選。試戲時，由導演口述劇中大略的臺詞再傳達給她們，最後決定由克萊門汀．格蘭尼

（Clementine Grenier）出演。克萊門汀的膽識、可愛還有隱約與伊森．霍克相像的鼻形都是導演決定的關鍵。

回國後沒多久，導演便完成第三版的劇本。此外，為了幫導演取得長期簽證，我也做了各種準備，在廣尾的法國大使館辦妥手續。半年後，以在巴黎警察總部的手續完成申請。跨國合作時，這種電影拍攝現場外的作業十分繁複，場外意識到自己是外國人的瞬間其實比拍攝現場內部還多更多。

五月，前往坎城。在《小偷家族》全球首映的空檔，不停和France3、Acnal+等以電視臺為主的出資人選見面。導演飛往巴黎，僅停留兩天，也和艾瑞克他們開了會，接著返回坎城參加頒獎典禮，榮獲金棕櫚。就這樣，我們宛如乘著順風車般又前往紐約去見伊森．霍克。兩人在最棒的時間點首度面對面，導演親自邀請，感覺得到不錯的回應。會面一結束，感受到導演滿滿的幸福。「伊森是個很棒的人。」兩人相談甚歡，無論是身為一名電影人還是一位父親，伊森的容貌和話語似乎都令導演印象深刻。之後，伊森正式決定出演電影。老實說，這時一切都順利過了頭，熱潮停不下來到幾乎讓人莫名有點害怕。「從各方面而言，導演沒事吧？」我差點將奇怪的擔心脫口而出，但導演雖然在激情的漩渦中接受祝福，說話還是跟平常一樣，在某處冷靜地觀察現在的狀況和局勢，因此，一部分的我也很放心，忍住了不識趣的問題。大概是因為長年和導演共事的緣故，儘管我們共享了喜怒哀樂，但我總有種感覺，自己不用每件事都起波動，就一直保持耳垂般的溫度待在導演身邊或許比較好吧。導演反覆琢磨劇本的定稿預備稿，靜靜做著前往巴黎的準備。

* * *

六月二十四日起，導演開始了為期約六個月的巴黎生活。每天來回於巴士底廣場附近的工作室和飯店。拍攝現場的工作人員此時也差不多定案了。

關於日法的口筆譯，我們非常放心地交給導演也很信任的蕾雅小姐。以外語拍電影，口譯相當於命脈。我們是在二〇一四年十二月馬拉喀什影展的日本電影單元認識蕾雅的。導演受訪時，談到《比海還深》的主角良多想為父親的佛龕上香，因為香灰累積沒有把香插進去的那一幕，蕾雅的翻譯實在太棒了，令我聽得徹底入迷。導演的回答是以線香這種極為日式的習慣與其中所包含的細微情緒為前提，蕾雅的翻譯精準掌握語意，節奏悅耳，雖然是法文聽起來卻像日文般的不可思議。拍攝現場裡，導演也漸漸一點一點地記住了「打狗（d'accord，好，知道了）」、「推比盎（Très bien，很棒！）」、「撒發（ça va，沒問題）」這些話。蕾雅在LINE的筆記本裡也留下了感覺導演會經常用到的法文筆記。美術指導立頓．杜皮爾克萊門（Riton Dupire-Clement）也完美習得了「おつかれさま（辛苦了）」、「元気ですか！（你好嗎！）」、「またまたー（吐槽時說的「又來了）」。經常有人問我們是如何跨越語言隔閡的，如同導演常回答的一樣，語言隔閡在電影拍攝現場沒有造成本質上的問題，我們深刻感受到，最重要的反而是確實分享「想要創造出什麼樣的作品」的願景、感受以及對彼此的尊重。

助導是是枝團隊中特有的年輕人崗位。我們在巴黎甄選，決定由會雙語的淺野馬修（Asano Matthieu）和庭野月伯擔任。他們不只要打劇本、翻譯各種資料、支援導演的巴黎生活、協助口譯、剪接，也被要求對劇本與導演提出意見。但起初，這件事在法國卻遭到一段時間的反對，認為他們不適合待在階級分明的拍攝現場。不過，經過我們多次說服以及兩人展現的工作態度和個性，他們擔任的角色漸漸獲得理解，融入團隊。

此外，尼可拉・康布瓦（Nicolas Cambois）以第一副導的身分加入了我們。他的個性非常好（特別是在預算問題上），會冷靜地安撫容易激動的妙莉葉，也願意和難以找到定位的助導們站在同一陣線。儘管語言不同，但只要眼前的尼可拉點頭，導演似乎也會神奇地有安心的感覺。以尼可拉為首，劇組所有男性工作人員都開朗、溫和又溫柔，女性工作人員則是很精明，說話也很強勢，又再度不可思議地和是枝裕和電影裡的男女分類相通……這是導演吸引過來的嗎？雖然大家個性十分不一樣，卻是產生了情感、值得喜愛的是枝法國團隊。

此時，導演腦袋和耳朵的疲勞也有點超出極限了。從坎城到紐約、東京、上海、巴黎，一連串的長途旅行，加上突然埋頭法文和高密度的生活，這也是理所當然的事。話雖如此，從旁觀者的角度來看，導演還是全方位全力運轉，不屈不撓，適應一切到不能再好的程度。由於法國的工作人員喜歡盡量與導演一對一面談（不知道是因為法國是奉行個人主義國家的關係，還是因為現場人太多的話會有所顧慮？），同樣的話導演經常要反覆說好幾遍。儘管如此，他還是會和大家一起面對各部門的討論和課題，悉心對待每一個人的態度令大家驚訝不已。說到底，我認為這意味著儘管導演心裡覺得好不容易來到巴黎，想貪心地一口氣吸取各種事物，卻又認為必須超越自己預想的期待值。導演是一旦認定那是自己的工作，便會貫徹到底的個性，有時會過度苛求自己，失去分寸。我也曾半開玩笑地鬧他：「導演……你該不會目標是成為超級賽亞人吧？」但我當時認為，初始階段以對導演而言稍微落後的步調或許才是最適合的。

同月月底，伊森來巴黎三天的事匆促定案。抵達時，伊森戴著一頂帽子，肩上帥氣地披著件夾克，夾克背後是一大面他的故鄉德州的州旗，據說是伊森的女兒聖誕節為他繡上去的。伊森在第一天和導演的談話中告訴我們，他喜歡的導演是賈克．德米和英格瑪．柏格曼，喜歡的詩是哈菲茲（Hafiz）的作品──「經歷漫長歲月，太陽持續為地球注入光芒，從不曾說：『一切都是我的功勞』……（哈菲茲日文版詩集《Gift》，〈太陽不說〉）」這一切都非常有伊森的風格，與漢克這個角色的外型與內在共通。第二天，我們找來飾演夏洛特的克萊門汀，父女倆首次見面。晚餐後，伊森邀請工作人員一起去散步。伊森佇立在塞納河畔的背影，讓導演目不轉睛地盯著他的全身瞧。「果然，無論從哪個角度看，都是伊森獨有的身型。」導演又感嘆又開心地說。第三天，畢諾許也加入我們的行列，創造了戲裡一家三口的家庭日。三人在十六區的馴化公園（Jardin d'Acclimatation）野餐、玩射擊遊戲、划船，伊森以吉他作了一首曲子送給克萊門汀……盛夏時節，儘管汗如雨下，三人還是盡情玩耍，回程時並肩而立的身影和氛圍已經完美成為一家人了。畢諾許對我說：「我們終於能夠一起拍電影了呢。我在飛機上重看了一次劇本，但我所飾演的女兒看起來只像個因為母親而很可憐的角色。不過，是枝接下來一定會再深化角色的層次吧？我相信他。妳女兒不來法國嗎？請一定要帶她來喔。」令我再次感受到她寬大的心胸。

七月初旬的週末，導演獨自在十四區的主角家中過夜，親身確認登場人物的行動與房間位置的關係、移動所需的步數和臺詞長度、從房間看出去的風景與夜晚的聲響等，一一反饋在劇本中。據說，他的靈感源源不絕，早上醒來後，在鳥鳴啁啾的庭院裡啃麵包、寫筆記，憶起了星期日的美好。令我不禁猜想，導演對人生時間的看法是否有了一百八十度的大轉變。結果下個星期天，他又勤奮地在飯店房間裡進行個人作業，不遺餘力。人是不會這麼簡單就改變的。

在東京公開電影製作消息。為了導演訪談和向媒體發稿，我抱著一試的心情向主要演員邀約感想，也陸陸續續收到回稿，只有丹妮芙遲遲沒有回音。儘管內心焦慮，卻也覺得這種徹底大牌女星的作風或許也不差。結果，我們收到了為大家提振士氣的精彩感想——「這個故事充滿魅力，幽默中帶著殘酷，是非常棒的劇本。關於語言隔閡方面，要說害怕的話不如說是挑起了我的好奇心。」逼近期限前寄來的這點又再次展現了她的高明。五月坎城影展後，由於一些從海外逆輸入的誤傳，導演內心多少也有點不平靜，現在終於能夠首度用自己的話語談論這部作品，看起來也鬆了一口氣的樣子。

八月二十日，法國的暑假（7／28～8／19）結束，各項作業在引頸期盼下復工。導演交出定稿。隨著法比安隱藏在堅強深處的脆弱、恐懼和衰微更加鮮明、亡者（莎拉）和孩子（夏洛特）的視角以更表層的方式交織其中後，主角的內涵變得更深刻，故事層次也更為豐富。結局的走向令人震撼。接下來就只剩下臺詞量和曼儂的方向了吧。

九月初的週末，導演因《小偷家族》前往美國特柳賴德電影節。之後，就要開始長達半年的奧斯卡公關活動。我們回到巴黎試裝，和演員面談，與技術人員開會，確定多多（狗）出演，完成定稿修改版。

九月十五日，導演緊急回國——閃電返日後再度回到巴黎。

一週後，我們前往西班牙的聖塞巴斯汀影展，GAGA、富士電視臺、馬蒂爾，大家一起祝賀導演榮獲「Donostia Award（終身成就獎）」。儘管不值一提，卻勾起了我和導演共事十五年來的點點滴滴。星期天的貝殼海灘（Playa de la Concha）剛好是陰天，望著遊客稀稀落落的沙灘，腦海中總是浮現《小偷家族》的一幕，視線搜尋著那一家人，然後，讓思緒馳騁天際。

九月最後一週，演員讀本、開拍前最後的劇本修改。十月一、二、三日，結束演員的走位排練後，前製作業大功告成。

十月四日，萬里無雲的好天氣，開鏡。我們將用四十三天的拍攝時間仔細追蹤這一家人的七天。在第一天的拍攝進度表（feuille de service）上，導演附了一份手寫訊息。「今天起，我們將展開一趟為期兩個月的長程旅行，身為船長，我會好好掌舵，不讓這艘船翻覆，請大家開開心心地努力到終點吧。小心別感冒了!!導演」文字旁還有艘漂在海上的小船插圖。接著，發放是枝工作團隊的帽T。T恤胸口是克萊門汀的插畫，背後印著演員和工作人員的名字，有綠色、紅色、灰色、黑色各種顏色。現場士氣高昂，氣氛也瞬間融洽起來。

說到拍攝現場的顏色，導演決定主角的代表色為綠色，建議我們做為劇中服裝和美術設計的象徵，還有皮耶爾要經常穿咖啡色的高領，因為他是烏龜⋯⋯

法國拍攝與日本的不同之處首先是工作時間。法律規定，原則上一天工作最多八小時，這部片是十點準備，十一點午餐，十二到下午七點半拍攝（中間不休息），晚上、週六日基本上休息。小孩子方面，以七歲的小孩為例，學期中一天拍攝三小時，學校放假時一天至多四小時。即使是工作場合，保護每個人日常生活的環境也是由全體社會來支援。也許是拜此之賜，團隊各部門也有許多身為母親的工作人員，這也鼓勵了我帶孩子來出差。留在巴黎的這段期間，大家都很關心我五歲女兒待的地方，也

穿著是枝工作團隊的帽T開鏡。

殺青後，巴黎的花店前。

都極自然溫柔地帶她去工作人員休息室。

此外，在不同意義上令我吃驚的是「伙食」。劇組演員、工作人員共同享用的，是基本上一天一次、每日菜色不同的自助餐。廚師在員工餐廳（cantine）旁的餐車廚房大顯身手，提供我們悉心烹調的熱騰騰料理，包含多種前菜、主菜，甚至是點心，每一道都很美味。燉菜類的「扁豆燉肉（cassoulet）」與點心「漂浮之島（île flottante）」是導演的最愛。因為這些料理，我們才能每天用笑容克服為期兩個月的秋冬拍攝。法國的外食很貴，也不如日本有那麼多選擇，因此這豐盛的平日午餐實在令人無比歡喜。丹妮芙和伊森生日時，我們就在員工餐廳裡圍著蛋糕，唱生日歌慶祝。

電影前段展開的是只限於家中的家庭戲。

十月十八日，開鏡後兩週，導演終於漸漸習慣了與日本不同的拍攝步調和環境。演員與工作人員也慢慢能從導演的視線和動作領會些什麼。導演應眾人要求，作了首俳句——「紅豔繽紛舞，朗朗青空萬里闊，兩道白雙飛。」講的是楓葉、藍天與飛機雲，同時漂亮地湊成了三色旗。這首俳句在現場意外獲得好評，導演受寵若驚。「俳句跟短歌不同，基本上不帶感情，而是直接將眼前所見風景化為文字。」伊森似乎記住了導演的說明，之後有場戲還向導演提到：「這裡的臺詞會不會表達太多感情了？要不要用俳句的精神試試看？」

十月底，拍攝晚餐戲。一家人齊聚，開心暢談沒多久，母女倆便首度爆發激烈的衝突。現場的氣氛也很緊張。女兒覺得自己就像中學時演的《綠野仙蹤》的獅子一樣膽小，而母親則是完全相反，一直以來以女演員的身分勝利至今，女兒怨恨著母親（外人以為）無可動搖的強悍，厲聲抗辯。儘管最後隱約可以看到母親內心的脆弱和愧疚，但女兒此時尚不明白。透過玻璃杯察覺母親隱藏的寂寞的，是語言不同的女婿。我們平安越過了前半段這道交織著各人內心隱藏情感的關頭。確認毛片後，終於鬆了一口氣。

進入十一月，不時會有現場探班，法國似乎沒有這種習慣，每次帶著日本的哪一位到現場時都令我緊張不已。尤其是攝影指導山崎裕來的時候，真的是膽戰心驚！只要我視線一轉開，稍有空隙，就連之前跟他說過丹妮芙止在拍攝、不能進入的房間也迅雷不及掩耳地溜進去……簡直讓我突然想起和五歲女兒去遊樂園玩時的心情。儘管如此，只要提起山崎擔當攝影的知名作品，便能立刻在笑容中融入劇組，這也是電影的力量。在法國的日子裡，當是枝裕和電影在日本的合作對象、演員、工作人員或是分福的夥伴們來訪時，導演的表情也會自然而然地放鬆下來。大家經常說的一句話就是：「感覺跟導演平常一樣呢。」我非常高興，因為就某種意義上而言，這種感覺也是我原本的目標。

十一月六日，拍路上的車戲。在巴黎，即使在大街上拍攝，也不會引起黑壓壓的圍觀人群。由於氣溫一到深夜便會驟降，日本夥伴送我們當慰勞品的暖暖包受到劇組廣大的歡迎。拍攝時，從牽引車上仰望的造雨機反射著夜晚的燈光，令我不禁看得失神。

十一月八日，雨後的廣場上，是枝裕和電影首度挑戰跳舞戲。跳舞戲加上在雨水淋濕的石板路上散步是導演這次決定一定要拍的場景之一。在第五區的餐廳Chez Léna et Mimile家族晚餐後降臨的夢幻時光。在極為短暫的時光中，彼此擁抱那根插在心頭上的小刺，縱情跳舞。配樂Alexei Aigui所率領的樂團扮成街頭樂手，現場演奏。這首曲子有個隱藏設定，是主角過去的成名歌舞片《法蘭索瓦與法蘭絲瓦》裡的音樂。儘管是連續第二天身體彷彿要結凍般的深夜拍攝，現場卻籠罩著幸福的激昂。

十一月十五日，夜晚庭院戲。這部片處處鑲著楓葉的印象。秋天，在感受冬日降臨的真切腳步聲中，凝望著來時路與終點。若說《小偷家族》裡一個個的角色是深海裡的小魚，《真實》裡的人或許就是一片片小葉子，化成各自的顏色，隨季節變化，閃耀著光輝，風吹雨淋，時而與身旁的葉子交疊，時而飛舞，直到某天凋零、飄落（以上是我個人的觀點）。這天夜晚，伊森殺青了，他緊緊擁抱了導演和劇組裡的男性。

十一月二十六日，開始在Epinay攝影棚拍攝。曼儂和莎妮加入，故事終於移到女演員透過戲中戲展開的對決。導演發現，畢諾許在一旁盯著戲中戲的眼神有著壓倒性的力量和細膩，重新思考了拍攝與剪接方針。

十二月四日，故事尾聲追加了一場在兒童房的戲。「吶，這是真相嗎？」夏洛特呢喃般地輕問。前一幕，在法比安與露米爾的擁抱（母親善意的謊言）中，兩人乍看之下似乎達成了和解，但依舊選擇當個演員的母親漂亮且殘忍地逆轉了局面。身為編劇的女兒接受了這件事，還以母親一招。當導演給我看據說是拍攝時靈光乍現的修改劇本時，我終於在這裡看到了將這部電影的一切細緻並豐富濃縮起來的目的地。

十二月七日，病房戲。現場工作人員都下意識地為出意外後的法比安／丹妮芙的演技屏住了呼吸。導演小聲地說了句：「好厲害。」滿臉欽佩。拍攝來到最後階段，每天都會發生什麼事，現場愈發以一種「擁有自己生命」的姿態運轉。

十二月十一日，拍攝後與導演和製片群一同前往CNC，再次表達獲得製作補助的感謝。剛轉移過來的巨大建築物散發出支持法國電影文化強烈的意志與驕傲。回程，車窗外，華麗的Noël（聖誕）燈飾旁就是為了警戒Gilets jaunes示威（黃背心運動）而戒備森嚴的POLICE車隊。這也是法國現在代表性的風景，深深烙印在我的腦海裡。

十二月十二日，後臺休息室的戲，丹妮芙、畢諾許、曼儂同時殺青。導演向女演員們致送花束，不論新生代還是資深演員都捨不得地說：「和是枝導演拍戲真的很開心，之後一定要再合作！」拍攝結束。我和蕾雅不禁互相擁抱，眼眶泛淚地笑著。導演、劇組工作人員、演員們，大家真的辛苦了！心中只有滿滿的感謝。那天晚上，我們在高級酒吧舉辦慶功宴，翌日，和已經沉浸在聖誕節氛圍的巴黎道別，暫時回到有著支持我們的工作夥伴和家人等待的日本。

年初到二月底，導演經常飛往美國參與《小偷家族》的奧斯卡公關活動。在法國，《小偷家族》榮獲了凱薩獎最佳外語片。為了處理現場沒有相關人員因此無法領取獎座的意外而忙得團團轉（四個月後導演在巴黎後製時，平安獲得獎座）。我們再次受到熱烈的祝福，利用空檔見縫插針地開始剪接作業。

一次，當片子還很長的時候，導演在螢幕前一邊動手一邊側過頭，半開玩笑地吐露：「這部片可能真的是我的集大成。」雖然是個很小很小的家庭故事，卻是導演第一次透過自己相處了大半輩子的電影與表演，寫下一路刻劃至今的家庭題材，並對真實／虛假之間、記憶與時間、被亡者留在世上的人們、超越血緣的基因提出叩問，這樣一部作品正在自己手中逐漸成形。這麼一想，雖然這部片看起來的確完完全全是部法國電影，但畫面每個角落都充斥著是枝裕和電影的精髓，或許可說是一次極為壯闊的電影嘗試吧——我是這樣解釋的。這樣也就理解為什麼儘管我從拍攝時期起每天都在看毛片，卻覺得導演現在正在孕育某種嶄新的豐富感。

二〇一九年四到五月，我們在巴黎和東京繼續剪接作業，言詞犀利的法國製片與行銷組也給予了我們意見，大家眾說紛紛，直言不諱。也曾因為語言、文化的成見，使某場戲看起來如何在解釋上產生了意想不到的落差。的的確確感受到了壓力與不自由。這種時候，導演依舊溫和地傾聽，不放棄口頭或是書信對話，嘗試所有可能性，一邊動手作業。這種情況讓我經常想起去年夏天與馮斯瓦．歐容導演見面時，他說的：「用外語拍電影時，剪接其實是比拍攝還大的關卡。」最後，導演的背影看起來也像是覺得「落差也是共同合作的醍醐味或是異國文化的體驗」，興味十足的樣子。於是，導演一步步將作品打磨成自己能夠認同的樣貌。六月中、下旬，在巴黎完成最後的配音、調光作業。七月五日，和導演一起在東京做調光試映，在我心中，那就是實際上的成品試映。上完幕後工作人員表與字幕後，七月下旬完成DCP。

接下來，這部電影即將展開旅程。首先是威尼斯，再來是日本，最後是世界各國。我從來不曾像這次一樣，親眼見證電影與所謂的人生幾乎命運性交錯的經驗。如果電影是自己選擇了這個時間點，為了某人而生的話呢？我在開頭寫到，透過這部電影的創作，我陪著導演奔跑。然而，奔馳中回首，浮現的卻是無論何時，電影本身都有如朋友般陪在導演身邊、守護他、提出疑問、拯救他，不離不棄一路陪跑的光景。最近導演經常收到「下次要拍哪樣的片子？」這種富含期待的問題，有時，他的背影在深深感謝的同時，看起來似乎也有些許困擾。下次要航向哪裡——導演現在是不是沒有移動的計畫，想再稍微和航海圖大眼瞪小眼一番呢？這幾年，經歷了步調快速的持續產出，導演或許是刻意先在這邊調整呼吸，積蓄要吸收的養分吧——為了再次結交新的「益友」，再度堅忍不拔地繼續美好的旅程。

這場名為《真實》的冒險苦樂交雜，即使是片刻也好，有形形色色的人一同共享了這趟旅程。衷心期盼這部片能夠承載著大家的心意，成為對許許多多人而言宛如益友般的存在。

二〇一九年八月十六日 東京

與畢諾許、伊森、克萊門汀於遊樂園玩耍。

別說是巴黎，應該是人生中吃過
最美味的可麗餅。

母女尷尬的重逢場面。

「善意的謊言」，是為了讓「真實」這個詞浮現雙重、諷刺意義的關鍵字。

フランセーズ館長のコメント

小さな命が呼ぶとき
ウォーターホース
シッピング・ニュース
ダイナソー

♪ レイチェル・ポートマン
わたしを離さないで
イルマーレ
白いカラス
サイダーハウス・ルール
ボクと空と麦畑
スモーク

原作 ジョアン・ハリス

『ショコラ』を先に。 2000年 脚本 ロバート・ネルソン・ジェイコブス

色をテーマにするというのはどうか？
トリコロールは(青)だが ヴィノシュというと(赤)のイメージがあるが―
そんなことはないか？ ポンヌフはどうだ？

監 ラッセ・ハルストレム アメリカ映画 舞台はフランス
スウェーデン出身 撮影はアメリカ的。セットが…オープニングもCGっぽい

さて…ピノシュ

吹雪の中。
母娘が赤いコートを着て歩いている。

娘も赤

窓辺の飾りも赤

お菓子屋で開く…？

エプロンも赤
髪飾りも
エプロンも赤…

娘役の女の子は ヴィクトワール・ティヴィソル「ポネット」の女の子
'91～ (1996)

昔なら アンナ・マニャーニ や、最近なら ペネロペ・クルスが
やるような 肉感的な役か？

店のイメージも(赤) チョコレートショップ (マヤ)

開店直後に
着てたブラウスも 赤（シルクか？）

…クに「ひげをそって来てね… チクチクして痛いから」
という アンナの台詞を聞いてショックを受けるアレックス

…とじょうだんみたいなシーンがはさまるなぁ…）

ナイトシーンの(赤) あちこちにも(赤)がちりばめられてる

39分 「君の濡れた口びるはステキだ
昔の女優みたいだ…」
（誰がモデルだろう…（ ）

笑わそうとする…
昔で（鳥の声）
黄色い手ぶくろ
（遊び） ティッシュ… 黄・青・赤・緑

…分

赤いベッド
黒い服
白い肌 ♪音楽を…
ラジオがいい…
D・ボウイ「モダン・ラヴ」

疾走する ドン・ラガン…

「永遠に疾走する愛を信じるか？」 首を振るアンナ
（笑）

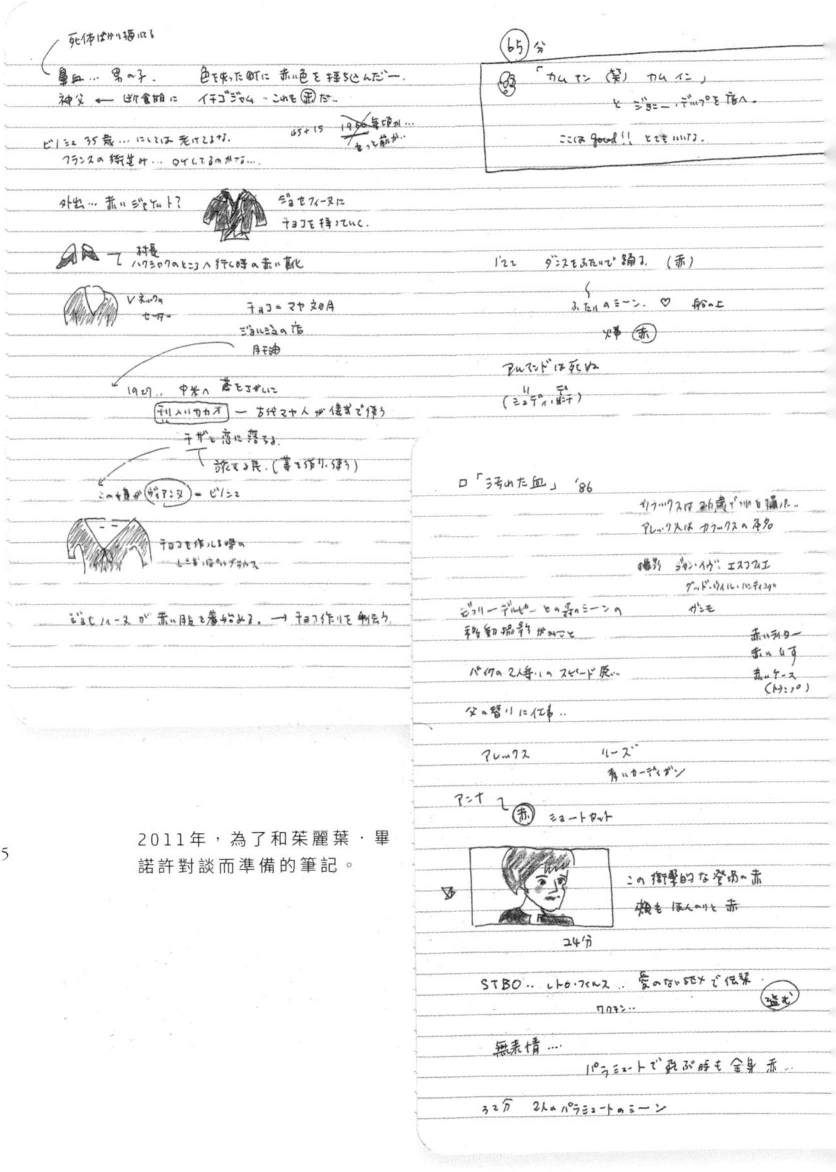

2011年，為了和茱麗葉·畢諾許對談而準備的筆記。

畢諾許的底片測試。

某天早上，從丹妮芙手中收到一張印有她名字的明信片，上面畫了隻松鼠。

CUISINE MAISON

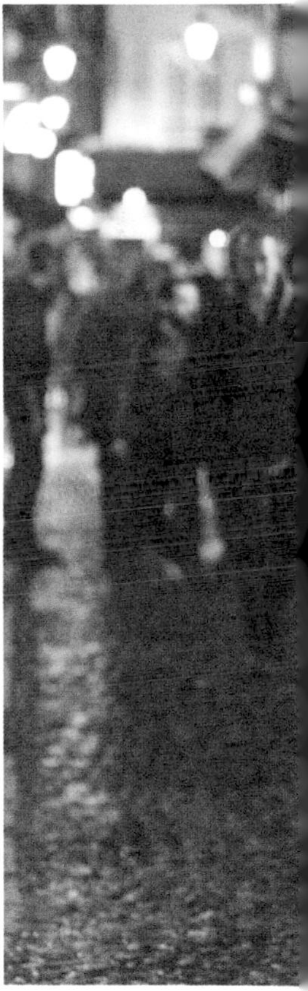

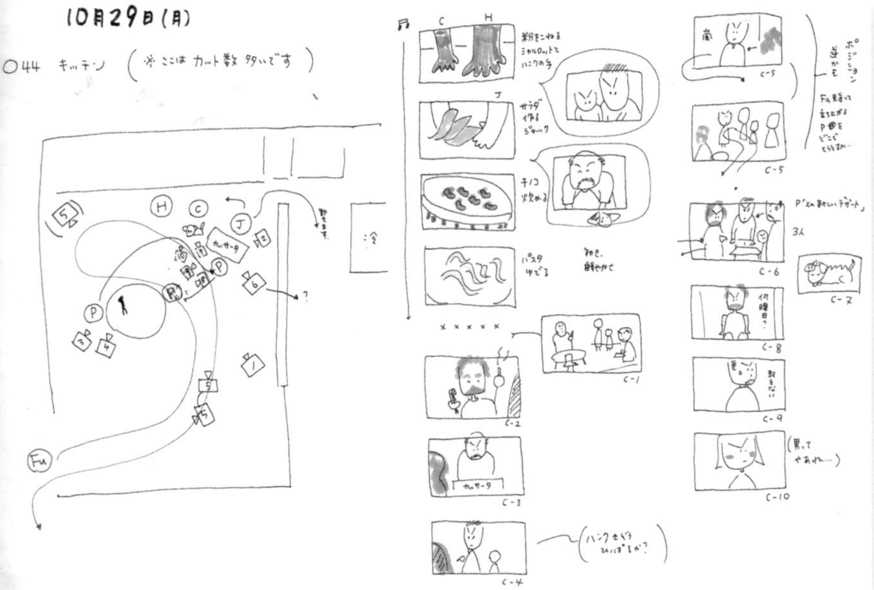

男人們在廚房裡親自下廚做飯的戲。法比安如風暴般地進來。

ホームドラマだよ。
母、娘、孫の
物語
女優の一代記
中庭で遊ぶ
リュミール
と
シャルロット
ファビエンヌ ひとり
テラス
出版パーティーの髪型衣装
演じるって何？
マノン
ややシルエット

海報設計提案。

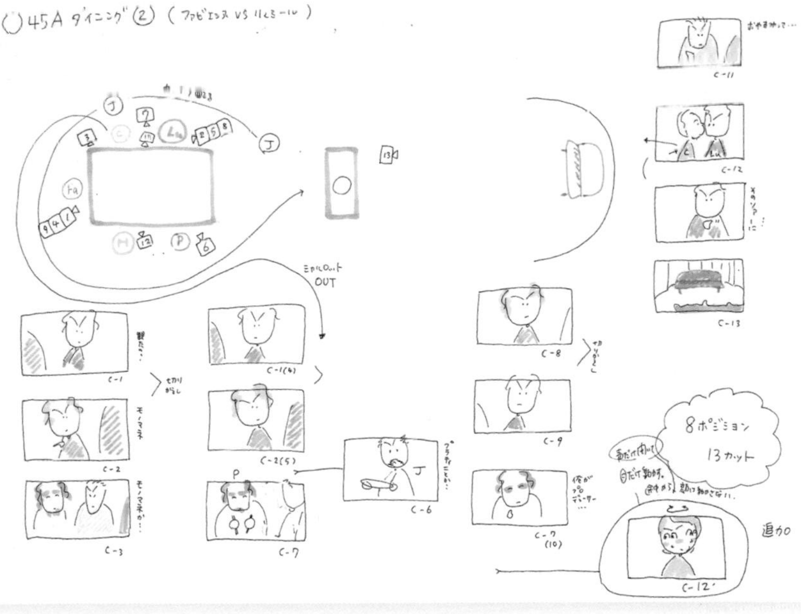
45A ダイニング② （ファビエンヌ VS リュミール）
シャルロット
OUT
8ポジション
13カット
追加

スタッフ・キャストのみなさま

監督の是枝です。
クランクインから 2週間近く経ちまして、日々楽しく充実した、そして
発見の多い時間を過ごしております。ありがとうございます。
みなさまのおかげです。休みが多く、日本とは違うペースでの撮影にも
ようやく慣れたところで、秋休みになるのがちょっと個人的には心配ですが、
リフレッシュした気持ちで10月29日又みなさんとお会い出来ればと思います。

紅が舞い
広がる空に
白二本

一句詠んでみました。
紅葉が風に散って、空が広く見えるようになり、その空に飛行機雲が2つ
走っている —— という……
俳句は短歌と違って、感情を込めずに見たままの風景を文字にするのが
基本なので、こんな感じで…どうでしょう？
ちなみにイメージとして描かれる色は赤・青・白のトリコロールで、少し
フランスを意識してみました。お疲れさまでした。

2018年10月18日　是枝裕和

『真実（仮）』スタッフ・キャストのみなさま

短い秋があっという間に過ぎ去って、雪の心配をする季節が
突然やって来ました。是枝は今日、厚手のセーターとくつ下と、
帽子を買いました。

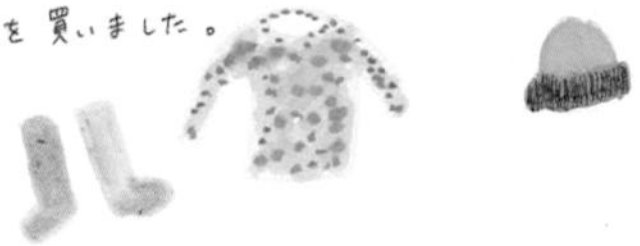

さて、家での撮影も無事に終って、いよいよ来週からは
エピネでの撮影が始まります。もう終盤戦ですね。
今のところ…本当に素晴らしいキャスト、スタッフ、そして
天気にも恵まれて、監督はとても満足のいく毎日を
送っています。ありがとうございます。寒さのせいで少し
腰を痛め、毎朝スタッフに心配されて情けないのですが、
何とかゴールまで走り切りますので引き続き
よろしくお願いします。

是枝導演寫給工作人員、演員們的信，上面也寫了在艾瑞克慫恿下所創作的俳句。

《真實》劇組工作人員和演員的大合照。

2018年5月，《小偷家族》於坎城國際影展得到最高榮譽金棕櫚獎。

《第三次殺人》巴黎首映。

2018／9／4

特柳賴德電影節結束後便要返回巴黎，見到了艾方索·柯朗（Alfonso Cuarón）、達米恩·查澤雷（Damien Chazelle）和艾瑪·史東（Emma Stone）。

開始了參加明年美國奧斯卡最佳外語片獎的公關活動。負責人將影藝學院裡了不起的會員與我不太清楚但了不起的會員們一一介紹給我，向他們打招呼。把這件事想成類似競選的活動，十分有趣，和電影製作在本質上沒有任何關係。

主角家沒決定美術就無法進行前製作業，距離開鏡只剩一個月，事態緊急。

沒辦法，我先和立頓討論戲中戲的布置。立頓提議想改變燈光。

9／6

結果，十四區那棟我一見鍾情的房子同意拍攝了，鬆了一口氣。

拉回電車的描寫、圍繞庭院裡電車聲響的對談。

下午一點半。

曼儂試裝。她說她已經見過服裝設計帕斯卡玲好幾次，也在試衣中。在法國，導演似乎不太會從第一次試裝就參與。

亞倫．萊柏試裝。

亞倫客氣地建議，雖然新版劇本裡他的角色名變成了法蘭索瓦，但之前的「路克」比較貼近角色的感覺……

克萊門汀試裝。

「不要剪我的頭髮。」

她先發制人地說。

「為什麼?」

「之前我剪了個鮑伯頭結果不適合,哥哥一直笑我。」

「好,我知道了。妳暑假做了什麼呢?」

「我剛剛已經說過了,你去問那個人(服裝設計帕斯卜玲)。」

感覺不太耐煩的樣子。

似乎是「夏天去了海邊」。

克萊門汀的這種感覺跟丹妮芙相通,活用在角色上的話,似乎可以設定成法比安的個性隔代遺傳到孫子身上。克萊門汀非常適合黃色,決定以黃色當做她的代表色。

9/7

十點半。

工作人員讀本。

這也是在日本一定會做的事，我會盡可能地集合工作人員，分配角色，請他們從頭到尾讀一遍劇本。對寫劇本的本人而言，把文字化為聲音（尤其這次是法文，無法自己唸），以別人的聲音來聽是非常重要的一件事，同時，讀本也是為了跟工作人員共享這部電影世界觀的重要活動。

第一天　二十分鐘。

第二天　二十六分鐘／總計四十六分鐘。太長了嗎……

第三天　二十分鐘／總計六十六分鐘。這邊為止我想維持在六十分鐘內，母女的對立浮出檯面前不想超過六十分。

第四天　十六分鐘／總計八十二分鐘。

第五天　十分鐘／總計九十二分鐘。這裡是邁向最後大高潮的前一小段，短一點沒關係。

第六天　二十分鐘／總計一一二分鐘。

第七天　五分鐘／總計一一七分鐘。

讀本後，向參與的工作人員詢問感想。

福間：漢克、路克和皮耶爾的角色很有趣，想再多聽一些男性間的對話。

妙莉葉：再增加一些母女間的故事比較好，男性在這個故事中只是點綴。戲中戲變比較好懂了。傑克竟然還有對象，法比安感覺好可憐。

艾瑞克：我認為這是個有男性戲分才形成的女性故事。小角色也很受到重視，這點很好。

薇吉妮（場記）：等一下再單獨說。

喬安娜（製片助理）：我不確定大家這樣對劇本發表意見是好還是壞……

工作人員讀本後的修改方向：

漢克和夏洛特的單獨對話，要兩次。

中庭和公園布景。太多了嗎……

就像妙莉葉點出來的一樣，我並沒有讓故事在這裡「休息」的打算。

到第三天為止的分量太多了。

第五天的最後一幕從母親改成女兒。

不增加母親的個人戲分沒問題嗎？

曼儂是怎樣的演員？輪廓要再更清楚一點。

從第五天開始，大家都在想著某個不在身邊的人——這個主題明確浮上檯面。

這個走向還不錯。

第六天法比安和曼儂的（演技）對決戲。

也有可能狠下心決定拿掉嗎……

9／9

為了戲中戲的布景討論看了幾部電影。

《阿爾發城※》

《沉睡美人※》

《阿爾發城》

《阿爾發城》，一九六五年，法國／義大利出品。導演：尚盧・高達；主演：安娜・凱莉娜（Anna Karina）、艾迪・康斯坦丁（Eddie Constantine）。故事以未來都市「阿爾發城」為舞臺，這裡的人皆依電腦指令行動，個人情感與思考都遭到剝奪。一部向科學文明發出警示的科幻電影。

《沉睡美人》

《沉睡美人》，二〇一二年，義大利／法國出品。導演：馬可・貝洛奇歐（Marco Bellocchio）；主演：托尼・瑟維洛（Toni Servillo）、伊莎貝・雨蓓、瑪雅・珊莎（Maya Sansa）。訴說三組面臨安樂死問題的人各自矛盾與糾葛的寫實故事。以義大利圍繞安樂死問題所掀起的爭論為背景而製作的電影。

《別讓我走※》

這部片美術和服裝打造的復古近未來感果然很有美感。

《人造意識※》透明的軀體。

《2009月球漫遊※》

複製人萌生愛國心的故事。是我喜歡的題材。

《突變第三型※》

雖然沒辦法當參考，但果然很有趣。

《似曾相識※》

《堤※》

《超時空攔截※》

9／10

《別讓我走》

《別讓我走》，二〇一〇年，英國／美國出品。導演：馬克・羅曼諾（Mark Romanek）；主演：凱莉・墨里根（Carey Mulligan）、安德魯・加菲爾德（Andrew Garfield）、綺拉・奈特莉（Keira Knightley）。故事的主角以提供他人器官為目的而被撫養長大。少男少女背負著殘酷命運，編織屬於他們的夢幻青春物語。改編自諾貝爾文學獎作家石黑一雄的同名小說。

《人造意識》

《人造意識》，二〇一五年，英國出品。導演：艾力克斯・嘉蘭（Alex Garland）；主演：艾莉西亞・薇坎德（Alicia Vikander）、多姆納爾・格里森（Domhnall Gleeson）、奧斯卡・伊薩克（Oscar Isaac）、水野索諾亞（Sonoya Mizuno）。艾力克斯・嘉蘭首度執導作品。科幻驚悚片，負責人工智慧實驗的年輕人與擁有女性外觀的美麗機器人交流的過程中，捲進一樁麻煩裡。

凱薩琳試裝。

地點位於凱薩琳家附近的飯店，實際試裝約六十分鐘裡，她抽了十二根菸。

我用手機拍照，記錄服裝。凱薩琳回去後，我們把屋裡所有窗戶打開通風。

這樣的話，拍攝現場會很不得了。

9／11

看來房子似乎還是沒有做出最終決定，我依然和艾瑞克他們去場勘。

問候屋主夫婦。

見面的瞬間便能感受到兩人負面的狀態，但也不能轉身就逃。我很喜歡這間房子的陽臺，想用在電影的序幕裡，我一坐到陽臺沙發上，屋主先生便開口。

「我們不是想要更多錢才會抱怨的，今天無論如何都想直接向導演傳達這件事。我們看過好幾部你的電影，導演要把這間房子拍成凱薩琳．丹妮芙的家，這

《2009月球漫遊》

《2009月球漫遊》，二〇〇九年，英國出品。導演：鄧肯．瓊斯(Duncan Jones)；主演：山姆．洛克威爾(Sam Rockwell)、多米妮克．麥克艾麗戈特(Dominique McElligott)、凱亞．絲柯黛蘭莉歐(Kaya Scodelario)。科幻懸疑片，單槍匹馬飛向月球的太空人遭遇了一場意外，受到一連串無法解釋的現象所擾。

《突變第三型》

《突變第三型》，一九八二年，美國出品。導演：約翰．卡本特(John Carpenter)；主演：寇特．羅素(Kurt Russell)、霍華．貝利(Wilford Brimley)、理查．戴薩特(Richard Dysart)。深埋在南極冰層裡的外星異形復活，攻擊人類的科幻恐怖片。翻拍自一九五一年的《火星怪人(The Thing from Another World)》。

裡的住戶大家都很高興。我們只是對那位製片的為人非常生氣。那個人的態度很不誠懇，沒有要好好聽我們說話的意思，覺得『反正你們就是要錢吧？』看不起我們。我們不能接受這點。」

由於屋主和妙莉葉雙方的說詞大相徑庭，很難判斷誰說的是真話，但身為請求別人讓我們拍攝的一方，無論真相如何，在讓對方產生這種想法的那一刻起就不及格了。妙莉葉的言詞和態度的確很不友善，會和工作人員起衝突。

「我就是這樣的人，只會用這種方式說話。」

雖然她常這麼說，但或許只有頂尖的製片能被允許這麼做吧。（我認為連導演也不能這樣。）

無論如何，妙莉葉對劇本點出的問題與說法都很明確，明明很優秀，卻發生這樣的結果，真的很可惜。

下午去Epinay場勘。

《似曾相識》

《似曾相識》，一九八〇年，美國出品。導演：吉諾．史瓦克（Jeannot Szwarc）；主演：克里斯多夫．李維（Christopher Reeve）、珍西．摩爾（Jane Seymour）。描述穿越時空淒美戀情的科幻片。由原作同名小說的作者理察．麥特森（Richard Matheson）編寫劇本。

《堤》

《堤》，一九六二年，法國出品。導演：克里斯・馬克（Chris Marker）；主演：海倫・夏特蘭（Hélène Chatelain）、達沃・阿尼席（Davos Hanich）。第三次世界大戰後，人類瀕臨絕種。主角為了探索過去的謎題，反覆進行時空之旅，再次遇見了烙印在腦海中的那位女性。散發藝術氣息的科幻電影短片。

《超時空攔截》

《超時空攔截》，二〇一四年，澳洲出品。導演：麥可・斯派瑞格請立頓給我看布景模型。

深夜，在飯店裡用浴缸泡澡，結果水蒸氣好像從敞開的門縫跑了出去，火災警報器大響。

深夜一點半，真的非常抱歉。

趕來房間的櫃檯人員是我認識的面孔，我比手畫腳地說明，低頭謝罪。

9／12

九點起床。

早上，畫了車戲的分鏡。雖然艾瑞克說他不喜歡看分鏡圖，但預防萬一還是畫了，目的是為了彌補語言不通的份。

下午，小狗試鏡，好開心。

（Michael Spierig）、彼得・斯派瑞格（Peter Spierig）；主演：伊森・霍克、莎拉・史努克（Sarah Snook）。

一位青年遇見了一位時空警察，要在過去的世界復仇……改編自海萊因（Robert A.Heinlein）的短篇小說《All You Zombies》。

奧利機場場勘。
充實的一天。

9／17

早上九點抵達羽田機場。昨晚想到了法比安和曼儂對戲時的臺詞。「我想去海邊。」、「我們兩個人一起。」法比安說出了和莎拉死因相關的一句話。
參加了希林的守夜儀式，今天返回巴黎。
飛機上，我又稍微改了些劇本。

楚浮的《軟玉溫香》※。
希區考克式的鏡頭調度。撥打電話的轉盤特寫。
雖然走懸疑風格，內容卻是愛情故事。

《軟玉溫香》
《軟玉溫香》，一九六四年，法國出品。導演：法蘭索瓦．楚浮；主演：讓．德賽利（Jean Desailly）、弗朗索瓦．多莉雅克、妮麗．貝內帝（Nelly Benedetti）。電影以驚悚的手法描寫一位中年有婦之夫，與年輕貌美的女孩陷入戀情，過著不同身分的雙重生活。

9／18

我一直想讓漢克和露米爾夫妻在留居巴黎期間吵個一次架，有了靈感。

露米爾看（聽）著漢克晚餐上難得喝了酒後，和同為演員的法比安和樂融融的樣子，酸言酸語地無理取鬧。

這時，漢克對露米爾說：

「妳為什麼帶我來巴黎？」

「妳帶我來是為了想贏媽媽吧？」

回家的真正目的是什麼？在這裡，露米爾發現了之前連自己都沒有察覺到的答案。

很好的修改。

「帶我這種人來是贏不了媽媽的喔。」

這句話也能看見漢克的悲哀。

攝影師艾瑞克提到了和亞倫・雷奈※合作時的事。

雷奈說過：「做愛有趣的地方不是行為本身，而是抵達那一步之前與之後。」啊，原來是before和after啊，果然！我拍了一下大腿。

他還講過：「選角就是看聲音。」艾瑞克跟我說這些，或許是從我的劇本和工作方式感覺到與雷奈共通的地方了吧。

如果是這樣的話，我很開心就是了。

9／20

九點半。

亞倫・雷奈

亞倫・雷奈，Alain Resnais（一九二二～二〇一四），電影導演，生於法國凡尼市（Vannes），戰後法國電影界大師代表之一，以思考和富含藝術性的風格而知名。除了《夜與霧》、《廣島之戀》、《去年在馬倫巴》外尚有多部代表作。艾瑞克・高帝耶為雷奈導演《野草》（二〇〇九）的攝影師。

和畢諾許開會。

我和口譯蕾雅到她家時，不知道是不是因為沒睡覺的關係，畢諾許看起來十分憔悴，完全不像是能夠開會的樣子。她低落地說因為上一部片延後殺青※，來不及準備我們這邊的部分，似乎也對和凱薩琳一起演出很焦慮的樣子。

她看了劇本。

「和母親的衝突可以再多表現一點……我記性不太好，劇本改太多的話會沒辦法正確記下來。如果是前一天改之類的話沒辦法，我希望能有兩星期的準備時間。雖然英國好像有很多演員擅長這種事……」

畢諾許養的貓來到她身邊坐下。她撫弄著貓咪的腦袋，和我們說起牠出去外面後好幾天沒回家的事。

「你有問凱薩琳多莉雅克※的事嗎？」

「沒有問得太具體……」

多莉雅克是凱薩琳的「姊姊」，因車禍芳齡早逝，當時與凱薩琳一樣都是演員。

殺青
指電影所有拍攝都結束。

弗朗索瓦・多莉雅克
弗朗索瓦・多莉雅克，Françoise Dorléac（一九四二～一九六七），演員，生於法國巴黎。從童星時期便活躍於螢光幕上。代表作有《軟玉溫香》、《死結（Cul-de-sac）》等，與妹妹凱薩琳・丹妮芙在《柳媚花嬌》等片中一起演出。年僅二十五歲即因車禍離世。

這次故事裡有個角色是主角的朋友兼競爭對手，年紀輕輕便過世了，所以無論如何都會有人聯想到現實世界中的那件事。畢諾許似乎也很介意的樣子。

我跟她說，凱薩琳本人表示「這個主角跟我完全不一樣」，沒有任何不滿的樣子。

談話中，畢諾許的臉色漸漸好轉，我和口譯蕾雅互看了一眼，稍微放下心來。

「露米爾的任務就是催生吧？讓母親心中的罪惡感和疙瘩浮出檯面。」

「漢內克導演的母親是演員，他是由阿姨撫養長大的喔。我和去世的莎拉之間的關係或許跟他們很像吧……」

「或許露米爾會覺得『這個母親可能是為了揣摩母親的角色才會生下我』吧。」

這是個犀利又有趣的看法。

「故意投身進入童年的傷痛是演員的工作。沒有經歷這個過程，就無法進入角色。」

這正是被稱為「方法演技」的方式，利用情緒記憶塑造角色。

「利用傷痛，將其帶進藝術中，把經歷變成另一種事物。」

我問她：

「那是根據什麼啟動這種改變的呢？」

「透過劇本來啟動。然後，當演員和角色交錯時便會產生魔法。」

儘管這種定義演員工作的方式非常理論，聽起來卻不會趨於理性，果然是因為這番話是出自本人真實感受的緣故吧。

「凱薩琳給人把角色和人生區分開來的印象，馬斯楚安尼也有種『就只是電影啊』的想法，覺得只要以本來的樣貌去現場，總會有辦法的感覺。」

明天起要去參加我最喜歡的聖塞巴斯汀影展※，兩年前是和希林一起去的。

聖塞巴斯汀影展

正式名稱為聖塞巴斯汀國際影展，San Sebastián International Film Festival，每年於西班牙巴斯克自治區吉普斯誇省（Gipuzkoa）聖塞巴斯汀舉辦，為西班牙最大的國際影展。二〇一八年為止，是枝導演一共有九部作品參展。二〇一八年，是枝導演榮獲影展贈與演員和導演的最高榮譽「Donostia Award（終身成就獎）」。

由於現在光是忙著應付眼前的事，日子便一天天過去了，有些瞬間，我會忘記希林已經不在的事實。

不過，因為我還不知道該如何消化、昇華這件事，現在這樣反而是件好事吧。

因為我不是希林的家人，必須恪守分寸，好好摸索不是家人的我該如何悲傷、送別、敘述和繼承的方法。

9／24

演員讀本，所有工作人員都很緊張。

我閃電前往聖塞巴斯汀影展後便返回巴黎，主要演員們為了配合這天，也都想盡辦法空出行程，令人感激不盡。能否完成演員讀本不只對我，對工作人員和演員而言應該都是件大事。尤其對曼儂和配角群來說，這是個掌握作品整體蘊涵的大好機會。

露米爾的女兒夏洛特一角不是由克萊門汀而是請助導庭野月伯幫忙讀本。我決定這次小孩子的部分也用和在日本一樣的方式，到拍攝現場後再將臺詞口述給孩子聽。說是這麼說，但這次是透過口譯蕾雅小姐就是了。

讀本完畢。雖然一開始因為凱薩琳遲遲未到而焦急不已，結果她表現得非常精彩。

凱薩琳、畢諾許、曼儂三人的聲音十分協調。她們各自活用了自己的聲音特色，形成一個三角形。

對於沒有登場的莎拉，大家是如何意識並感受她的存在的呢？

凱薩琳是「看著」不存在那裡的莎拉；茱麗葉則是「聽」。首先，我是否有將兩人間的差異清楚地套入劇本中呢？再檢查看看吧。

凱薩琳有個提議——

法國有個代表「乾媽」意思的詞叫marraine，讓莎拉當露米爾（茱麗葉）的

marraine不就好了嗎？這麼一來，便能理解莎拉對這對母女來說是超越朋友的存在，以及與這個家庭內部密切相關的關係。

9／27

今天暫時將修改劇本的工作切割開來，動筆寫將由橋爪功※先生在希林喪禮上幫我念的悼詞。

我希望把《真實》拍成一部輕快的電影。

一部觀眾看完後很輕鬆，雖然留有一絲苦味，卻能對修補關係這件事感受到希望的電影。

橋爪功

橋爪功（一九四一～），演員，生於日本大阪府。一九七四年，以《斯卡班的詭計》舞臺做為戲劇界的起點。演出過無數舞臺劇、電視劇與電影。電影《東京家族》榮獲第三十七屆日本影藝學院獎最佳男主角。在是枝裕和電影《奇蹟》和《比海還深》中與文學座附屬戲劇研究所同期的樹木希林一同演出。於樹木希林的喪禮上，代替是枝導演朗誦悼詞。

9／29

和曼儂一起去觀賞了野田秀樹導演※的《贋作　盛開的櫻花林下※》。距離首演後我有多久沒看這齣戲了呢？

戲劇非常精彩，在日本更改年號的這個時間點偶然再與這部作品重逢，也是作品本身的一種力量。

看完戲後曼儂說：「深津小姐※無論聲音還是動作都太棒了，我無法從她身上移開目光。」

終演後，我前往後臺向野田導演和深津打招呼。

深津回憶起希林——

「我剛出道時，因為畢業旅行和拍攝日期重疊所以放棄參加，結果希林姊幫我和製作人交涉，跟我說：『畢業旅行一生只有一次，好好去參加吧。』」兩個

野田秀樹

野田秀樹（一九五五～），舞臺劇編劇、導演、演員，生於日本長崎縣。一九七六年成立劇團「夢之遊眠社」，引爆日本第三次舞臺劇熱潮。一九九二年劇團解散後，重新成立戲劇製作公司「野田地圖（NODA MAP）」，代表作有《獵少（少年狩り）》、《贋作　盛開的櫻花林下》等。

《贋作　盛開的櫻花林下》

日文劇名：《贋作　桜の森の満開の下》，野田秀樹以坂口安吾小說《盛開的櫻花林下》和《夜長姬與耳男》為基礎而創作的戲劇。自一九八九年首演以來，即獲評為傳奇之作。二〇一八年九月，為了紀念日法友好一百六十週年，巴黎舉辦了「日本主義2018」特展活動，本劇做為活動一環，於夏佑國家劇院（Théâtre National de La Danse Chaillot）上演。

人低沉難過了一下。

9／30

寫完悼詞，今天是開鏡前最後的假日。我刻意為自己營造了關機的時間。悠哉地泡澡，很晚才吃午餐。

午後為了明天要開始的排練準備：

・每一場戲的演員調度方式

・晚餐戲的分鏡

深津小姐

深津繪里（一九七三～）演員，生於日本大分縣。一九八八年以《世紀末暑假》踏入大銀幕影壇。電影代表作有《大搜查線THE MOVIE 2：封鎖彩虹橋》、《宛如阿修羅》、《惡人》、《岸邊之旅》，另也活躍於電視劇、舞臺劇，橫跨多方領域。於二〇一八年巴黎上演的《贗作　盛開的櫻花林下》和妻夫木聰、天海祐希、古田新太一起擔綱主要卡司。

準備搬到拍攝法比安屋子附近的飯店。

*　*　*

雖然艾瑞克告訴我：「這裡以前是路易斯・布紐爾導演固定住的飯店喔。」但我問櫃檯人員，他們並不知道。我將靠近房門的房間改為剪接室，讓工作人員自由出入。

裡面的臥房很窄，似乎只能睡覺的樣子，但從窗戶可以眺望一整片的蒙帕納斯墓園。雖然墓園現在是一片綠意，但葉子開始紅了之後應該會很美吧。

10／1

排戲第一天，演員在實際拍攝場地以走位、排練的感覺表演。

畢諾許決定取消出席作品的影展上映活動，參與排練。「阿薩亞斯很生氣喔。」她笑著走進現場。我希望她是在開玩笑。

茱麗葉和法比安（凱薩琳）的私人助理——萊柏的戲。

如果我的指示比較多的話，萊柏便經常會忘記動作或臺詞。我請他等情人間飛吻完後再說臺詞卻沒有等。我打算在拍法上下點功夫。

我的建議如下，給了他一些提醒：

希望他想像腦海中一直在放古典樂，以免動作太過匆促。

路克的理想典範是英國紳士。

重心移動如太極拳。

凱薩琳＋茱麗葉的中庭戲。

這是女兒看完母親的自傳《真實》後，首度的母女衝突。

茱麗葉的憤怒很強烈。

雖然我請她「壓抑一下」卻沒什麼改變。

茱麗葉說：「因為媽媽寫了謊話，生氣是當然的。不，還沒。因為這還是第二天早上，還不是憤怒的時候，必須放到後面才行。」

用言語說明好難啊。我希望茱麗葉這裡不要用「感情」而是用「理性」生氣。

就像班長罵沒有坐在位子上的學生一樣。

給我負起『正確』的責任！用訓斥的感覺就可以了——下次有機會這樣告訴她吧。

午餐時。

凱薩琳指著掛在牆壁上的畫問：

「為什麼是孔雀？」

我向她解釋，這次每個登場人物都會重疊一種動物形象。

凱薩琳的眼睛像孩子一樣閃閃發亮。

「伊森是什麼？」

「老鷹。」

「我覺得狐狸比較好呢。」

「傑克呢？」

「熊。」

她理解地點點頭。

「路克呢？」

「兔子。」

「那……法比安是……」

「我覺得是孔雀……」

之前和服裝設計帕斯卡玲開會時，我們一邊用電腦看著凱薩琳之前的角色以及宴會等場合所穿的衣服、洋裝照片，一邊談到打算把法比安的基本色定為綠色。既然這樣的話，我想應該就是孔雀吧。

凱薩琳的臉明顯地沉了下去。

「我最討厭孔雀。」

氣氛瞬間結凍。

「夏洛特呢？」

「夏洛特是松鼠。」

「我也想要松鼠。」

「……」

「不能有兩隻松鼠嗎？」

「我考慮看看……」

這種孩子般卻又不同於任性的直率是怎麼回事？七十五歲的凱薩琳，不好對付啊。

是夜，更改飯店。

我在搬過去的飯店裡寫信給伊森。

親愛的夥伴　伊森霍克：

前幾天真的非常感謝您百忙之中參與了讀本。

那是段十分開心並有意義的時光。
聽著大家的聲音合奏，讓我明確掌握住了這部作品的整體調性與節奏。
當時您和其他演員們提出的問題點與建議都非常精闢，為劇本的修改方向提供了很大的線索。

我再反覆讀著您給我的信，開始動筆修改這次的劇本。
這版劇本分別有幾個成功解決的部分、變得十分有趣的地方以及尚殘留的課題，也算是向前邁進一步了吧。

以下是關於變更的部分……

○第2場戲漢克的低級發言。

我很明白您提出的問題點，請稍微在現場試試……讓我研究一下，抱歉！

○5B「你不學學的話——」

因為夏洛特討厭青菜，漢克平常一直對她說：「吃青菜！」……這樣的說明可以懂嗎？

○7 夫妻倆原本在中庭聊的家事幫手話題改到臥房。漢克看到擺著燙衣板、有些亂糟糟的房間便開口提起，這樣一個走向。

○12（不要喝喔。）

（我知道。）

這個是動作，標記得有點難懂，不好意思。

○18 第二天早上的對話。

因為傑克跟克洛蒂見面的戲移到後面的關係，改了話題。

○34 加了一場戲。這天，漢克決定不去買東西，改成在客廳打算修理紙劇場卻把紙劇場弄壞了，因為在丈母娘家實在無事可做……如果能順利表現出這種感覺就好了。

漢克看到露米爾想阻止路克辭職的場面。

○38B 原本放在第二天的購物移到了第三天上午。

傑克和老師還沒越過那條線。

○46

漢克和露米爾晚餐後的臥房戲前加了一場戲——漢克與法比安在客廳給彼此一個「晚安」的擁抱，漢克在酒意下與法比安約定：「明天我會去參觀。」露米爾在房裡聽到兩人和樂融融的氣氛，內心嫉妒。我很喜歡這段戲，有了這段戲後，露米爾之後在臥房的對話裡對漢克說：「你代替我去！」漢克便提到露米爾想帶自己來巴黎的動機。大概是這樣的走向。

雖然跟您建議的想法導向有點不同……但因為這段戲也可以當成漢克隔天參訪攝影棚的前導，我覺得應該不錯。

○51

因此，車內的對話改變了。

漢克覺得很不自在，但我認為同樣身為演員，他內心一定是很想看的。

○52 決定讓漢克在棚景中和露米爾討論法比安的戲。

○53 我收下「Freedom」了！

○57 這裡彈的是媽媽的「法比安主題曲」。是露米爾為了讓法比安與路克和好而寫的劇本BGM。可以拜託你嗎？

○65 跳舞戲。漢克說了彆腳的法文。謝謝你。

○68 臥房裡關於漢克父親的對話，我希望包含您的想法在內，可以去做各種嘗試。父親的動作請務必做出來。

○73 漢克和夏洛特的戲改到有水池的公園裡。最後一句臺詞參考了您的想法。

以上。

拍攝前還有這樣的修改，十分抱歉。明天起的排練也請多多指教，我很期待。

10／1　是枝裕和

10／2

排練第二天。

早上，凱薩琳遞給我一張明信片，上面印有她的名字。「你看，粉紅色的松鼠很可愛吧？」彷彿在說：「我的形象從以前開始就是松鼠了。」

那好像是凱薩琳以前就一直用來回覆影迷的明信片。好厲害。凱薩琳對七歲的克萊門汀所產生的對抗意識好可愛。沒辦法，就決定是兩隻松鼠吧。

廚房的母女重逢戲。

我盡量移動場內的人，不讓大家有停滯的感覺。

克萊門汀知道自己在這裡的任務只有一個吻沒有臺詞後，厭倦地說：

「好無聊。」

「那沒關係，妳可以去別的房間等。」

我跟她這麼說後她便跑到屋外，但過了一會兒便主動朝屋裡探頭問：

「要回來了嗎？」

原來如此，原來她是這種類型的小孩啊。

夏洛特幫法比安梳頭的場景是很細膩的對戲。我不會給劇本，而是採取當場傳達臺詞的形式。克萊門汀能夠仔細聽對方說話，解決了我原本擔心的部分。加上她也很專注，似乎可以自然地完成那場戲。

「為什麼我隔天早上會和這群男人在廚房？我對這群男人的話沒興趣吧？」

「漢克為什麼會在晚餐途中對夏洛特說『晚安』？」

伊森一一確認自己的臺詞和行動。

只要解釋清楚，他便能接受，幫了我很大的一個忙，也加深了我自己對角色的理解。

10/3

排練第三天。

前往蒙蘇里公園※，創造茱麗葉、伊森、克萊門汀三人的家庭時間。

乘著兒童旋轉木馬。

在池畔吃可麗餅。

我請克萊門汀在伊森的耳邊小聲地問：

「我出生的時候你高興嗎？」

伊森大概是一邊想著自己女兒實際出生時的經歷，一邊談起了剪臍帶時的

蒙蘇里公園

Parc Montsouris，位於巴黎十四區南邊的巴黎三大公園之一。一八六九年，由拿破崙三世與塞納省省長所建。

事，對克萊門汀的肚子搔癢。

逆轉悄悄話，適合大人的作戰。

10／4

開鏡，總之是只拍兩天後就要休息三天一個非常輕鬆的開端。有點像助跑的感覺。

露米爾一家三口抵達奧利機場的戲，在機場全面協助下，拍攝非常輕鬆。機場借了一整個轉行李的輸送帶讓我們拍攝，還跟我們說也可以拍入境海關蓋章的地方，但我還是婉拒了。就算拍了大概還是會剪掉吧。這種協助在日本是不可能的事呢。

閒聊一拉長的話，無論如何都會變成口舌之爭，小心點吧。夏洛特壓著推車來到父母身邊的鏡頭，用不同時機拍了八個鏡次，克萊門汀一直保持集中力。漢克推著行李車，夏洛特坐在上頭離開機場的場景，我在主角旁也準備了一組同樣的家庭，請他們像賽跑一樣競爭，結果克萊門汀的表情非常生動，自己說出：「quick, quick!（快點，快點！）」這種好勝的個性是遺傳外婆嗎？感覺可以好好地運用在設定裡。

10／5

一家三口在前往母親家的車上戲。總而言之，感激伊森順利將夏洛特放倒。

夏洛特在車內站起身，我指示茱麗葉把手放在她的背上。

茱麗葉說：

「是要加一些母親的感覺吧？」

需要稍微增加一些茱麗葉對自己以外事物的關心，減少一點對內的意識。

在庭院中散步的三人。夏洛特發現烏龜皮耶爾向前奔，漢克也停下了腳步。三人行變成了兩個人，畫面結束在露米爾一個人身上。露米爾抬頭直直盯著屋子，女兒問了關於烏龜飼料的事，她大聲回答：「吃生菜！」這場戲的畢諾許表現精湛。落單後，露米爾的表情倏地一變，令人明明白白感受到，她的心中浮現了過去在這個家裡所經歷的，不太幸福的十八年時光。

怎麼會有這麼強大的力量？瞬間便控制了整場戲。是因為眼神強烈的關係嗎？沉默是最犀利的抗辯，我好像隱隱約約能理解卡霍※在《新橋戀人※》裡蓋住畢諾許一隻眼睛的心情了。

10／6

停機休息。拍攝時間一天八小時，沒有延長，八乘以五，一週工作四十小

卡霍

李歐・卡霍，Leos Carax（一九六〇～），電影導演，生於法國敘雷訥。電影《男孩遇見女孩》（一九八四）令他獲得「高達第二」的評價。代表作有《壞痞子》、《新橋戀人》、《寶拉X》等。

《新橋戀人》

《新橋戀人》，一九九一年，法國出品。導演：李歐・卡霍；主演：茱麗葉・畢諾許、丹尼・拉馮（Denis Lavant）。卡霍導演將自己投射到電影中，描述青年遊民與懷抱失明恐懼的美術系學生之間純純的愛戀。

時，週六日休整天。必須習慣這種步調才行。

明明可以完投卻被告知一百球就得替換下來的投手大概就是這種心情吧。不過，健全的制度沒有錯，有這種制度的話，單親媽媽也能從事電影工作。

在這個國家，無論是觀賞還是拍攝，電影都與日常生活緊緊相鄰。無所謂好壞，電影在日本則是一種慶典、一種儀式，開鏡前要祈求平安等等。

這邊則是迅速準備，迅速開拍。

工作人員不會遭路人破口大罵：「擋路。」許多工作人員會在晚上八點前結束工作後回家和家人共進晚餐。沒有人肯定大家在工作上「寢食與共」的價值觀。

像日本一樣早、中、晚餐、宵夜，劇組一天一起吃四次便當是不可能的事（加班費太高了）。

今天上午專心集中剪接，中午和馬修、月伯一起去樂蓬馬歇百貨公司（Le

Bon Marché）買毛衣，中餐吃一樓的pincho店。下午剪接。小睡三十分鐘。

晚上與茱麗葉一起出席《世界報※》主辦的餐會。

由於今天蕾雅不在，由助導淺野馬修擔任口譯，我十分緊張。

如今在拍攝現場能夠和演員、工作人員之間溝通無礙，沒有壓力，怎麼說都是口譯蕾雅的功勞。

我是大約五年前參加摩洛哥馬拉喀什影展※時認識蕾雅的。

對我這種只會日文的人而言，口譯真的是非常重要的存在。因為某些陰錯陽差或是行程檔期問題，來的口譯在預期外時的慘狀，光是回想起來就不知道該哭還是該笑。

幾年前，加納利群島影展※為我的電影企劃了個特集單元，當時擔任口譯的，是平時從事漁業工作，在日本鮪魚船靠港時幫忙翻譯的先生。嗯……雖然就個性而言，這位口譯是個很有趣的人，但他在電影上卻是個完完全全的門外漢，當然也從沒看過我的電影，不管是電影名稱還是導演的名字幾乎都翻譯不出來。大概是覺得抱歉的關係，他在最後一天還開車載我們去自己工作的港口，帶我們參觀

《世界報》
Le Monde，法國代表性報紙（晚報），一九四四年創刊。

摩洛哥馬拉喀什影展
正式名稱為「馬拉喀什國際影展」，Marrakech International Film Festival。自二〇〇一年起於摩洛哥馬拉喀什舉辦，為非洲、阿拉伯語圈最大的影展。

加納利群島影展
西班牙加納利群島舉辦的「拉斯帕爾馬斯國際影展」，Las Palmas de Gran Canaria International Film Festival。

當時靠港的大型鮪魚船內部。如今回想起來，是段很不錯的回憶。

話題回到蕾雅。

馬拉喀什影展不但舉辦了日本電影特集單元，我在當地也接受了相當多的訪問。無論我是講兩分鐘還是五分鐘，蕾雅完全不寫筆記，儘管如此，當親身感受她說話的節奏韻律時，便會明白她應該是將我說話的內容順序，原原本本用法語重現出來了。

採訪結束後，我向在一旁旁聽、也懂法文的製片福間確認：「怎麼樣？」福間回答：「非常完美，令人無法置信。」「對吧？她說話聽起來很舒服。」因為這樣，從那次之後，無論是我的電影在法國公開還是在坎城上映，甚至最近連法文字幕我們都拜託蕾雅擔任翻譯。

我想，如果沒有認識蕾雅，我大概無法決定這次這項在法國製作的企劃吧。

在這場沒有蕾雅的晚宴上，一位我忘記名字，但相當於日本前文部大臣的人士也有與會和我寒暄，身旁的人介紹：「這位是當初決定由國家支付高中生每個月可以去美術館或是看電影『零用錢』的部長。」雖然不知道詳情，但不愧是文化先進的國家，思考的事情真了不起。

10／8

停機的兩天一眨眼便過去了。

昨天修改劇本，整理正式拍攝首日（九日）的分鏡圖。傍晚睡了三個小時後，修改劇本到半夜三點，作息有點不規律。

今天中午一個人前往蒙帕納斯的法式薄餅店，Plougastel，這是勘景時美術指導立頓告訴我的店。他說：「雖然旅遊書上沒寫，但我最喜歡這間店。」儘管我在Plougastel所在的可麗餅街大約變心去過四間左右的店家，但最後因為如同字面上所說的這份美味，還是回到Plougastel的懷抱，已經成為他們的常客了。

記住我的店員對我露出一種「你真的很喜歡呢！」的微笑。午後，前往蒙帕納斯墓園散步，在賈克．德米墓前雙手合十報告：「凱薩琳同意讓我拍攝了。」德米的墓前放了許多大型松果，雖然不知道這麼做的原因，但感覺很好。

晚上八點半。

和料理設計師飯島奈美※吃飯順道開會。她和拍攝海報的川內倫子※專程從日本來參與這次企劃。地點在日本主廚的法式餐廳，非常美味，分量也恰到好處。

晚上，稍微修改劇本，考慮十一幕廚房戲的鏡頭調度。

晚上，寫信給茱麗葉，談談關於對母親憤怒爆發的時機。

飯島奈美

飯島奈美（一九六九～），料理設計師，生於日本東京都。因電影《海鷗食堂》、電視劇《深夜食堂》等作品中的料理設計而知名。活躍領域橫跨電影、電視劇、電視廣告和平面廣告。著有將《ＨＯＢＯ日刊系井新聞》上連載的食譜集結成書的《ＬＩＦＥ》系列。

川內倫子

川內倫子（一九七二～），攝影師，生於日本滋賀縣。二〇〇二年，攝影集《轉寢（うたたね）》、《花火》榮獲木村伊兵衛攝影獎，不僅廣受年輕族群喜愛，在國際間也備受肯定。擔任是枝裕和電影《無人知曉的夏日清晨》的劇照師。

親愛的茱麗葉：

由於前幾天的晚宴中蕾雅不在，我不知道妳上臺致詞的詳細內容，但妳的表情和動作充分傳達出妳深信這次企劃有了一個充滿希望的開始，我也很高興。緊接而來的這趟旅程既刺激又充滿挑戰，而我同時也會努力讓大家抵達正確的目的地，還請多多指教。

我正一點一點地修改劇本。若妳拍攝空檔或是週末得空的話，希望我們也可以和伊森一起當面討論。

關於19A，露米爾在中庭質問母親自傳中謊話的那場戲，前幾天我說這裡的憤怒就像班長罵不坐在位子上的壞學生一樣。會這樣傳達是因為我認為露米爾在這裡仍是以「理性」在生氣。

情緒上的憤怒會循序漸進，越來越深，直到頂點，但這裡還先請忍耐一下。

第30場戲，和曼儂在樓梯上的戲。

這裡稍微不一樣，「marraine」這個詞改成由曼儂說出口。

露米爾在這裡知道母親已經跟曼儂說那件事（自己的過去）了。

第42、43場，攝影棚裡，曼儂質問露米爾她和莎拉之間的關係。

這裡觸碰到露米爾「沒讓媽媽碰頭髮」這段不想憶起的過往，強化了對母親的不信任感和焦慮，憤怒從理性漸漸轉移到情緒上。

接著到45A的晚餐。露米爾和母親的感情衝突將在這裡推到高峰。

不過，露米爾的憤怒會漸漸轉成「我本來或許可以救莎拉」的自責。扎在心上的刺果然不是只有針對母親的怨恨和憤怒，因為加上對自己的情緒而複雜糾結。

雖然露米爾是聽到「妳不懂演員的心情」這句話後馬上起身的，但這裡促使她行動的，是對「無法拯救莎拉」和「沒有成為一名演員」這兩件事的後悔，是一種針對自己的情感。經歷這樣的反轉後，在與喝醉的漢克對話中轉向某種自省——整體而言是這樣一個過程。

總之，我稍微思考到這邊，期待妳沒有任何顧忌的感想。

10／8　是枝裕和

10／9

凱薩琳開拍首日。拍攝電影開場在陽臺裡的採訪戲。

拍攝順利結束，從窗外灑入的光非常美麗，選擇這間房子果然是對的。當面對「您繼承了誰的基因呢？」這個問題，回答丹妮兒．達西兒的時候，凱薩琳問我關於寫進臺詞裡的作品名：「你對《輪舞》有堅持嗎？可以改成《魂斷梅耶林》嗎？」我回答：「可以可以。」果然，凱薩琳是因為包含丹妮兒．達西兒的角色在內，對「不依賴男人、獨立自主的堅強女性形象」心有戚戚焉吧。

儘管如此，凱薩琳還是一刻也不間斷地在抽菸。「這場戲可以抽菸嗎？」若沒有出聲阻止，即使攝影機正在拍，她也會不停想趁隙抽菸。

就算說：「這場戲不要抽。」直到我喊「正式來」之前，她還是會繼續抽。凱薩琳會「嘿——」地一聲熄掉菸，揮手撥開煙霧。等煙散去後說：

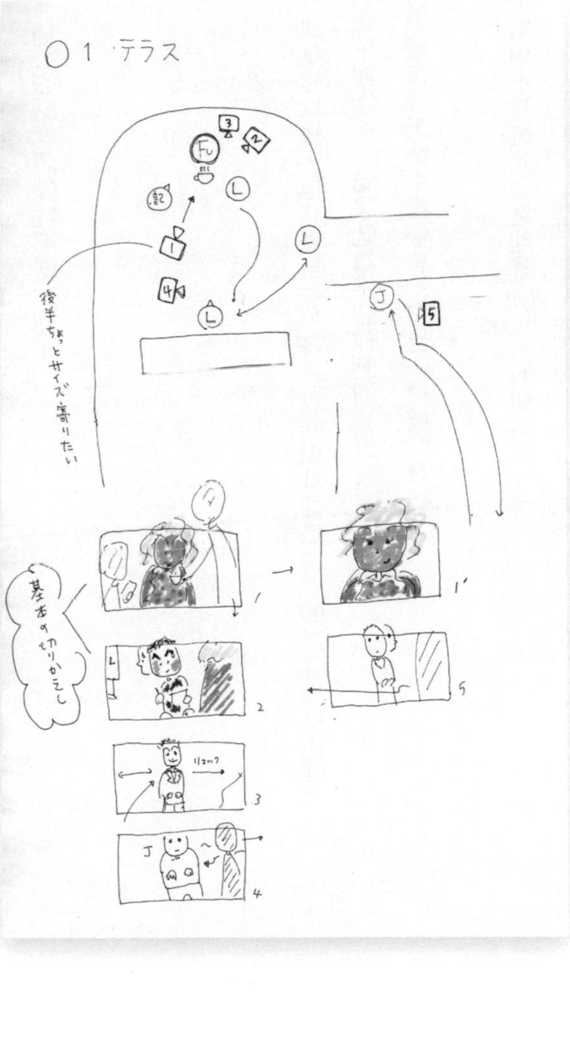
○1 テラス
Fu
記
L
L
L
J
後半ちょっとサイズ寄りたい
基本の切りかえし
1
1'
2
3
4
5

「action」——我的拍攝就是這樣一種如履薄冰的情形。

不過，凱薩琳抽菸的樣子十分帥氣。雖然我真的很不喜歡菸，但凱薩琳會讓我覺得，要抽菸的話就想像她那樣子抽。

10／10

早上（說是這樣說，但其實是中午），我向現身拍攝現場的凱薩琳打招呼：

「昨天很感謝您。」結果她露出惡作劇的微笑說：

「我可不曉得今天結束後你會不會也一樣感謝我喔。」

蕾雅很煩惱不知道該怎麼理解這句話的涵義才好。

這種舉手投足間都令人越來越無法轉移目光的感覺是怎麼回事？我一天一天變成了凱薩琳的粉絲。今天繼續陽臺拍攝。

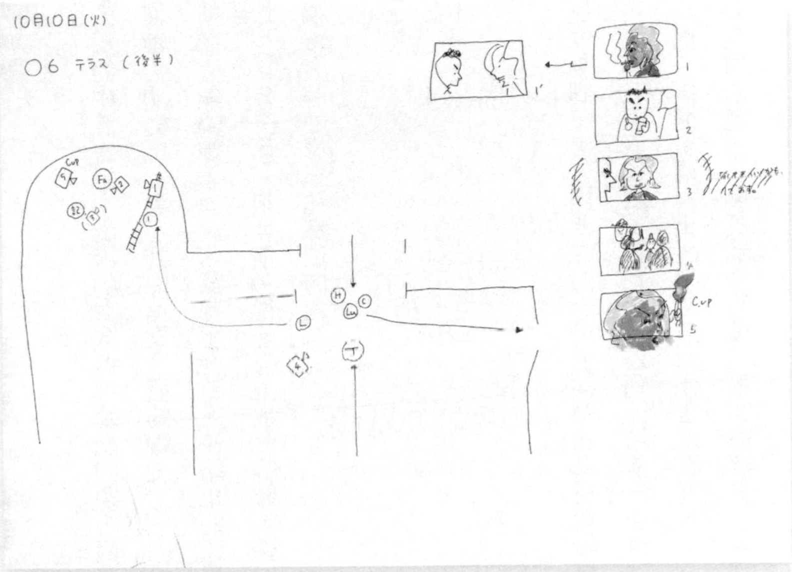
10月10日(火)
○6 テラス（後半）
Cup
C.up

法比安在登場戲的採訪中誤會了「認識的女演員」這個問題，回答：「已經死了。」又對女婿發揮毒舌功力：「還不到能稱為演員的程度……」或許是拜凱薩琳身上的開朗特質所賜，無論她怎麼說壞話都不會給人情緒化的感覺。飾演記者的嘉貝路多（Laurent Capelluto）很會演，從他身上散發的緊張感以及遣詞用字可以明白法比安是個多大牌的影星和麻煩的人。

10／11

採訪結束後，法比安來到了男人們所在的廚房。從她和女兒女婿擁抱，被女兒追著說：「妳答應過要讓我看原稿的，對吧？」逃到冰箱前，一直到通知有訪客的鈴聲響起，有所反應、離開廚房為止，都是邊動作邊說臺詞。

這場戲精彩得令人意猶未盡，一場風暴降臨後又離開的感覺。語言不通、不知所措的漢克、被母親牽著鼻子走，焦躁不悅的女兒露米爾，夫妻倆在母親離去後面面相覷。這裡畢諾許即興說了句：「Welcome。」不愧是茱麗葉．畢諾許，真的太棒了。

起風時，中庭的大樹總會落葉紛飛。我希望能讓觀眾對這棵象徵主角人生季節的樹留下深刻的印象。

10／14

明天開始連續拍攝五天後放秋假。

10月15日（一）　場次18　廚房，男人們的早餐

14　地下室（紅酒）

38A　市場（漢克與傑克）
16日（二）　場次73　蒙帕納斯公園，漢克與夏洛特
19A　中庭
17日（三）　場次36　皮耶爾登場
37　和夏洛特說「妳好」
18日（四）　場次38　出發前往Epinay的母女
場次22　看著電腦的露米爾
場次47　夏洛特與皮耶爾
10月19日（五）　場次67　咖啡廳（法比安和路克）

十月十五日，改變計畫，拍攝露米爾來中庭找母親，和法比安第一次衝突的

戲。艾瑞克說想用一鏡到底的方式捕捉畫面。雖然我開始很消極地說：「不用勉強也沒關係……」但拍攝開始，隨著幾個鏡次後，艾瑞克先是從法比安的單人鏡頭轉到露米爾的單人鏡頭，接著是雙人鏡頭，再轉向法比安的單人鏡頭，運鏡行雲流水，出神入化。途中，他指導畢諾許讓露米爾藏在樹影後，令畫面看起來像是法比安的單人鏡頭。壓抑感情的方式也跟我想的一樣。

十七日，皮耶爾登場。從露米爾的表情可以得知，她絕對不討厭這個沒有用的父親。

美國奧斯卡獎

起源於一九二九年，是三大影展中歷史最悠久、最受矚目的影展，基本上是「美國電影」的慶典，原名應為「美國影藝學院獎」，因頒贈給獲獎者的金色奧斯卡獎座也被稱為奧斯卡獎。是枝裕和電影《小偷家族》入圍了二〇一九年最佳外語片。

10／18

再一天就放秋假了。我利用假期前往洛杉磯，參與《小偷家族》的美國奧斯卡獎※公關活動。這樣就不是放假啦。

十六日市場拍攝。手裡拿著玩偶的漢克有股淡淡的哀傷，很棒。十六日公園

1
2
3
Lu
ビール
Fa
追う

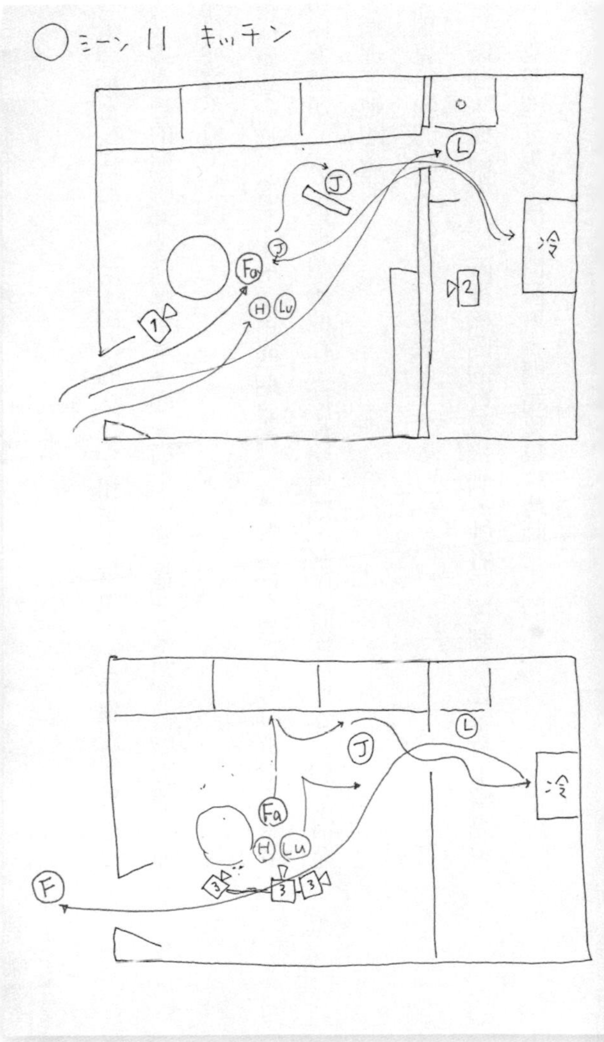
○シーン11 キッチン
L
J
冷
Fa
H
Lu
1
2
3
F

裡的父女展開了一場關於「魔法」的對談。面對說著「根本沒有什麼魔法。」的夏洛特，漢克向她解釋了生物的奇妙。「心臟是怎麼跳動的？妳不知道吧？但心臟就是在跳動，這也是魔法。」後半段兩人都即興演出。這樣的對話卻一點也沒有說教的感覺正是伊森迷人的地方。

今天要拍夏洛特對要去Epinay的法比安和露米爾說：「烏龜皮耶爾不見了」。艾瑞克想的運鏡總是動感十足、趣味橫生。儘管那樣來回運轉攝影機，卻依然顯得從容不迫，好厲害。

這場戲也一樣，我原本考慮用四個鏡頭，艾瑞克卻在絕佳的時機拍下夏洛特，用兩個鏡頭完成了這場戲。他在一個長鏡頭裡，將重心從法比安移到夏洛特身上，捕捉了她的畫面。

艾瑞克給我的感覺有點像近藤龍人※。

休息時間，凱薩琳為庭院裡盛開的玫瑰拔刺，她將玫瑰刺放在手背上給克萊門汀看。克萊門汀馬上學起凱薩琳，開始蒐集玫瑰刺。

近藤龍人

近藤龍人（一九七六～），電影攝影師，生於日本愛知縣。一九九八年，就讀大學時擔任《鬼畜大宴會》的攝影助理，其後參與電影、廣告、MV等眾多影像製作。以電影《小偷家族》榮獲第四十二屆日本影藝學院獎最佳攝影。

來考慮一下這種外婆越過母親，和孫女連結的細微描寫吧。這麼一來，夏洛特和外婆一樣，目標當一名演員的架構就會更清楚鮮明了。

露米爾挽留辭職的路克。

路克今天的演技很穩定。

露米爾每一次表演，情感的釋放時機和強度都會改變，好神奇，即使我說OK，她也還想再多演一些。這種時候不要拒絕，讓她嘗試，把倒數第二次當OK才是聰明的做法。

10／19

半夜起來上廁所的夏洛特與皮耶爾。外公與孫女。這是場觀眾看了之後能找到過去露米爾與父親影子的戲。

兩人一起模仿《綠野仙蹤》裡膽小的獅子，克萊門汀很開心的樣子。

暫時解散劇組，晚上再集合，拍攝跳舞後咖啡廳的戲。路克凝望法比安給影迷飛吻的模樣非常棒，讓人瞬間明白，近四十年來，他一直將對法比安的愛藏在心裡。拍攝時，凱薩琳的女兒齊雅拉也來參觀，母女倆感情很好的樣子。「因為我和法比安不一樣，可以和女兒處得很好。」也清楚感受到了凱薩琳的驕傲。

10／29

拍攝復工。

法比安。

帶著多多散步到常去的中華料理店。

這場戲試裝時，看到服裝設計帕斯卡玲準備了豹紋大衣和豹紋皮鞋後，凱薩琳便說：「我是絕對不會這樣搭配的。」儘管懷疑主角的品味，卻也願意幽默以

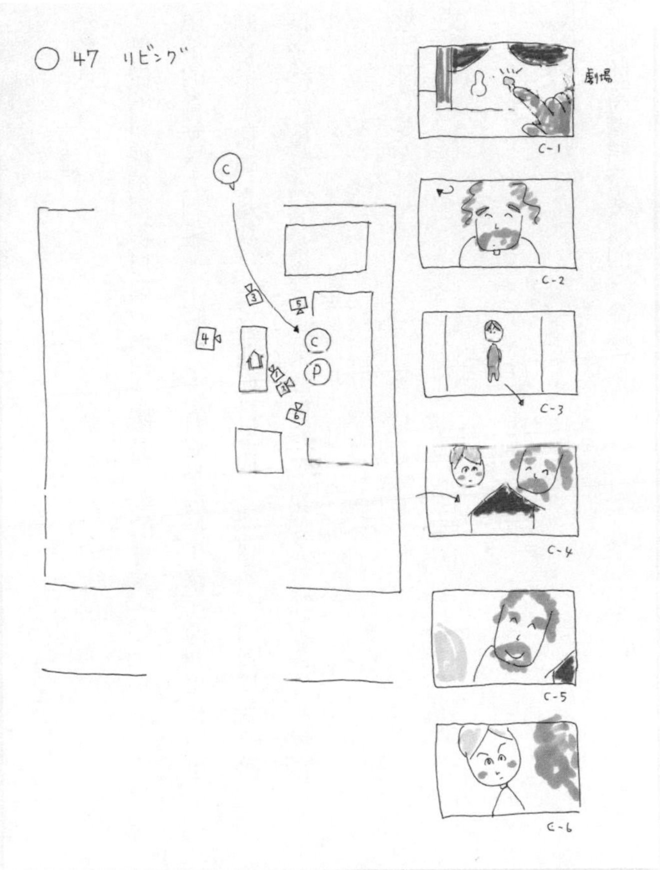
○ 47 リビング
劇場
C-1
C-2
C-3
C-4
C-5
C-6

對。雖然這樣搭配的確有點俗氣，但反而因此很有趣。

廚房戲。

我想把男人們做的料理拍得很可口，借用了飯島奈美的專業。帶有秋天風情的香菇義大利麵、千層麵，還有甜點提拉米蘇、西西里起司蛋糕。妙莉葉一開始很不情願，覺得「有必要從日本找人來嗎？」福間幫我一起說：「可是，是枝裕和電影裡的食物看起來都很好吃對吧？」好不容易才說服她。

伊森和克萊門汀的雙人料理。

伊森真的很會擺盤。

這裡，法比安宛如風暴般來了又去。

這是之後母女即將開始衝突前的「冷場」。

我想好好珍惜。

067 カフェ
C-1
C-2
C-3
C-4
C-5

10／30

川內倫子的海報拍攝。在製片妙莉葉和馬蒂爾之間，拍攝的準備程序、向拍攝部門申請協助都不順利，我很擔心給川內添麻煩。

在兩人中間當夾心餅乾的福間同時還要負責安撫她們，也不能像我一樣（以不懂法文為由）逃開，應該是累積最多壓力的人，然而，她卻不會顯露出來，真的很了不起。

我曾半開玩笑地跟分福※的西川美和※導演說：「福間就像《腦筋急轉彎※》裡面『憤怒』的按鈕壞掉一樣，跟我們是不同的生物。」但或許這是真的也不一定。如果沒有福間，我想製片群早就已經崩潰，滾滾激流衝破防波堤，湧進拍攝現場了。

由於凱薩琳說：「我只想化跟晚上拍戲時一樣的妝。」因此我們不太能試太多情境，但為了拍幾種不同的類型，我們還是請曼儂過來，把想法畫了出來。

分福
以是枝裕和為中心所成立的製作公司，負責企劃、製作電影、電視節目、廣告等影像作品。西川美和、砂田麻美、廣瀨奈奈子等人的所屬公司。

西川美和
西川美和（一九七四～），電影導演，生於日本廣島縣。就讀大學時，以工作人員身分參與是枝裕和電影《下一站，天國》。歷經電影自由工作者副導演的工作後，二〇〇二年，推出個人首部原創劇本、執導電影《蛇草莓》。代表作有《搖擺》、《親愛的醫生》、《漫長的藉口》等片。

《腦筋急轉彎》
《腦筋急轉彎》，二〇一五年，美國出品。導演：彼特・達克特（Peter Docter）。主演：愛咪・波勒（Amy Poehler）、菲莉絲・史密斯（Phyllis Smith）、路易斯・布雷克（Lewis Black）、明蒂・卡寧這是母女的故事？家人的故事？還是「演員」的故事……依聚焦的觀點不同，海報的主視覺也會改變。

晚上拍攝晚餐戲，電影中段母女爆發激烈衝突的高潮。這場戲裡，露米爾將迄今為止不斷累積、獨自壓抑忍耐的情感擲向母親。

至今一直保持動態的法比安在這裡宛若君臨天下的女王，不動如山。

這場戲從傑克拿著蛋糕走進餐廳開始，途中，他拿著吃完的餐盤再度回到廚房。皮耶爾不停說著無聊的瑣事惹得法比安不快，後半場沉默下來。夏洛特以一副沒在聽大人說話的樣子聆聽餐桌上的對談，在父親的催促下留下晚安吻離開了。漢克雖然語言不通，卻從緊張的氣氛中瞭解到即將發生什麼事，儘管想勸阻卻被妻子用「not your business」堵了回去。

就這樣，舞臺上的人一個一個消失，只剩下母女兩人，直到女兒再也待不下去最後退場為止大概七分鐘左右。我們在影像大小和鏡位※上變化，以免有畫面停滯的感覺，極力避免單純的反跳鏡頭※。

（Mindy Kaling）、比爾・哈德爾（Bill Hader）。故事以一個女孩的大腦為舞臺，交織了「樂樂」、「怒怒」、「厭厭」、「驚驚」和「憂憂」五種感情。日本版中，為「憂憂」配音的大竹忍精湛的演技也造成話題。

鏡位
拍攝時攝影機的位置、擺設地點，也包含了攝影機角度。

反跳鏡頭
當兩個人物對話時，交互拍攝兩人畫面的手法。將兩個以上的場景相互連結的剪接方式。旁跳鏡頭。

克萊門汀的年齡，在法國嚴格明定一天最多只能拍攝四小時。另外似乎還有規定，如果需要她請假或早退的話，必須為無法上課的時數附上家教。

由於我採用跟在日本一樣的方法，不給小孩子劇本，到拍攝現場才（由口譯蕾雅）向克萊門汀解釋那場戲的設定，口述臺詞給她聽，因此十分費時。我原本認為，先把四小時想成實際上兩個小時比較保險，但克萊門汀戲感很好，喜歡演戲，加上個性大膽，展現出很好的樣貌。

休息時間，凱薩琳主動和克萊門汀搭話。她這麼做的目的絕不是為了消除克萊門汀的緊張或是想培養祖孫的氣氛，只是單純想說話。

「欸，欸，我有養老鼠喔，是沒有長毛的……」

「妳昨天說過了啦，有兩隻對吧？」

打斷凱薩琳說話，向她回嘴：「妳說過了。」這種令人惶恐的事只有克萊門汀做得出來。雖然我心臟瞬間停了一下，但凱薩琳接著說：「是嗎？那我下次帶牠們來。」似乎沒有特別在意的樣子，兩人繼續和樂融融地閒聊。

「導演，這場戲可以抽菸嗎？」

糟糕。如果我說可以的話，就會變成整整七分鐘她都在抽菸。雖然凱薩琳不會抽到菸頭變短，不用擔心香菸連戲的問題，但對討厭香菸的我而言，明明小孩子坐在一旁卻一直飄著煙的餐桌看起來實在很不舒服。平常凱薩琳想抽菸的話，不論在車裡還是小孩子旁邊都完全不介意。這應該就是所謂旁若無人的態度吧。

「這裡先不要抽菸吧。」

「我是會抽啦，吃飯的時候。」

「……不過還是先不要抽吧。」

謝天謝地，這麼一說後，凱薩琳便乖乖把我的話聽進去了。

但該說是相對的嗎？直到攝影機正式開拍的前一刻為止，她還是老樣子一直抽菸。和克萊門汀兩人拚命揮手撥開煙霧的樣子該說是好笑還是什麼呢？

晚餐戲的後續。

昨晚剪接後，發現這場戲不該由端蛋糕過來的傑克開始，而應該從傑克的空位旁捕捉正面的法比安，由女王的畫面開始才對。也就是說，完全沒有這個鏡頭。我撤回昨天艾瑞克問：「你不需要從我這邊的鏡頭嗎？」我自己說的：「沒關係。」向他道歉。

艾瑞克露出「跟你說吧？」的笑容。雖然他沒有生氣，但眼睛瞬間朝我射出銳利的光芒。由於鏡頭是透過中庭這邊的玻璃，牆壁也必須打光才行。

「可以是可以，但要花一些時間喔。」「好，很抱歉，麻煩你了。」

開鏡前，我們把凱薩琳和畢諾許集合到這棟屋子裡，進行底片測試※兼試拍。有在庭院裡嬉戲的露米爾與夏洛特、坐在陽臺裡的露米爾、畫著母親與曼儂的夏洛特。那時，艾瑞克向我說明了只用兩個齒孔※（也就是利用比較小的面積拍攝）

底片測試
電影拍攝前為了掌握底片特徵事先進行的試拍。

齒孔
perforation，攝影或電影專用的膠卷兩側，間隔一定距離所開的方形孔洞，用來在拍攝或是放映時轉動底片。拍攝電影所使用的35㎜膠卷，一格側邊有四個齒孔。

再blow up※的做法。他用這種方式製作實際在電影院觀看的ＤＣＰ※，讓我確認影像。

結果，艾瑞克把在秋日庭院裡嬉戲的母女拍得十分唯美，連本來擔心「這種方式有辦法把女演員的臉拍好嗎？」的妙莉葉都因為「如果成果是這個樣子的話……」而只能閉上嘴巴。膠卷因為放大出現顆粒感，隱約給人一種類似八〇年代侯麥電影畫面的感覺。

確認影像後，我向艾瑞克表達這些想法，他馬上表示：「我本來的目的就是這個。」、「因為拍活用自然光的這種感覺與近未來設定的棚景時，包含燈光在內會有很大的改變。」艾瑞克的這種技術，或許是長年來的經驗加上與很不一般的導演合作所培養出來的吧，很理論，同時又明確地有種「此時此刻的自己該如何承接法國電影史」的歷史觀。這裡為什麼用伸縮鏡頭？為什麼用仰角鏡頭？種種判斷背後都有超越個人好惡的理論支持。一名好的攝影師大抵如此。而艾瑞克除了這些，對職人風格的工藝世界或是說對底片、攝影機和臺車等機材又有日積月累的切身感受，因此擁有無可動搖的自信。

blow up
延伸、放大畫面。

DCP
Digital Cinema Package，以數位檔案上映的方式。現代電影院的標準配備不是膠卷放映機而是ＤＣＰ。為了讓ＤＣＰ專用的投影機也能放映膠卷拍攝的影像所開發的數位化標準規格。

雖然這點有時會顯現在他對助手嚴厲的態度上而有些美中不足，但對我這種一路拍電影跟古老師徒制無緣、實質上（儘管精神上有）沒有一個人應該喊師父的人而言，嚴格追求技術的「職人性格」也有些許令人羨慕之處。

話說回來，我聽說攝影助理法比安是單親媽媽，一個人撫育三個小孩，工作表現卻很優秀。不僅是她，拍攝時，大家都很沉默寡言，工作迅速。常常我才剛在休息區喝杯咖啡休息一下，他們就來叫我，讓我以一種「咦？已經可以拍了嗎？」的心情，慌慌張張回到現場。

當艾瑞克一指示移動動線後，相當於日本劇組特機部※的人便會用粉筆在地上畫線，確認機械操作。此時，攝助法比安會將紅光照向被攝體，測量距離，幾乎不曾用過量尺。儘管如此，拍攝期間卻從來沒有因為「剛剛的焦點不行」這種技術面的意見而需要重拍。應該說，她本人似乎覺得不可以發生這種情況的樣子。雖然凱薩琳每個鏡次的動線都不同，我也跟克萊門汀說她可以自由行動，跟焦本身並不是那麼容易的事才對。

特機部
特殊機械部，拍攝時負責操作升降機等拍攝專用特殊器材的部門。

耗時兩天，「最大高潮」的拍攝令人十分滿意。畢諾許也因為能夠演出釋放情感的場面而感到小小的滿足。

故作堅強的法比安是否也清楚顯露出她的脆弱了呢？接下來就等剪接時判斷是否能保留這個長度吧。

11／2

晚餐後，露米爾與漢克的臥房。

這是場將這對夫妻以及漢克自身所懷抱的各種問題揭露出來的重頭戲。

我原本將門外傳來母親和丈夫似乎相談甚歡、令露米爾煩躁不已的互動限定於聲音。不過，由於每天拍攝結束後，要離開的凱薩琳會給我一個「辛苦了」的

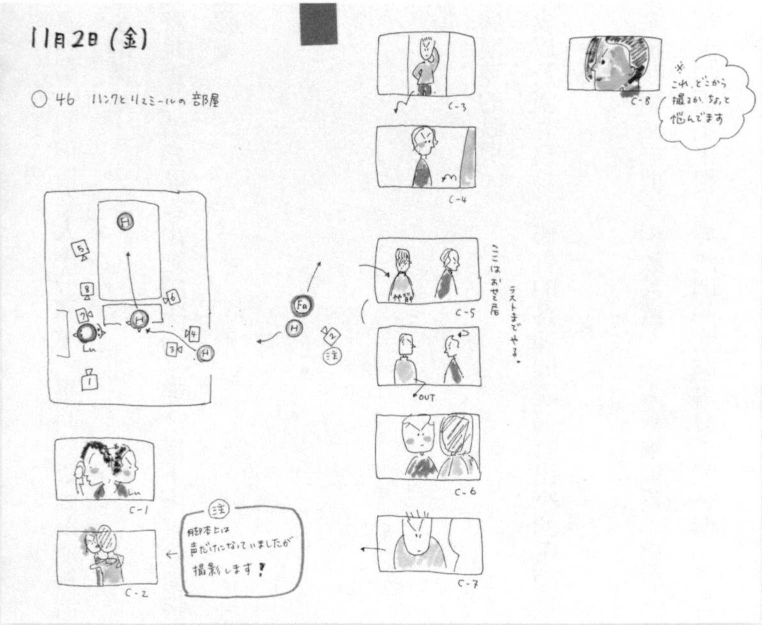
11月2日（金）
○ 46 ハンクとリュミールの部屋
C-3
C-4
C-5
C-6
C-7
C-8
※ これ、どこから撮るか ちょっと 悩んでます
ここはおせき居
ラストまでやる。
OUT
Lu
C-1
C-2
注 脚本上は 声だけになっていましたが 撮影します！

慰勞之吻，這道吻不是親在臉頰上，而是柔軟、豐潤地落在臨近唇邊的位置，有種該怎麼說呢？讓人「受不了～」的感覺，所以我讓漢克也在那樣的吻中和法比安告別後向妻子報告。是將我的真實體驗運用在劇本上的形式。

這天，因為拍攝《日間演奏會散場時※》而造訪巴黎的福山雅治來探班。法國似乎沒有這種探班的習慣，幾乎不太會有演員和導演前往沒有參與的作品拍攝現場。

尤其這次聽說凱薩琳非常討厭工作人員以外的人待在拍攝現場，因此我有跟福山說搞不好只能在監看螢幕房裡間接偷看而已。不過，看到福山的艾瑞克馬上便發現他是《我的意外爸爸※》的主角，向他招手後，特別把監看螢幕拿到拍攝現場附近。凱薩琳當然也有看過《我的意外爸爸》，現場瞬間變成一種「熱烈歡迎」的氣氛，著實讓我鬆了一口氣。

喝醉的漢克向露米爾道歉：「我再也不喝酒了。」躺在床上的戲。排練時漢克從身後抱住露米爾，拉著她的手雙雙進入被窩。

《日間演奏會散場時》
《日間演奏會散場時》，預計二〇一九年十一月一日上映的日本電影。導演：西谷弘；主演：福山雅治、石田百合子。
一段苦惱中的天才吉他手與女記者之間的淒美愛情故事，改編自平野啟一郎的同名長篇小說。

《我的意外爸爸》
《我的意外爸爸》，二〇一三年，日本出品。導演：是枝裕和；主演：福山雅治、尾野真千子、真木陽子、Lily Franky。
兩對夫妻被告知——因為當年醫院抱錯嬰兒，自己撫養了六年的孩子其實是別人的小孩。一部刻劃家庭糾葛的故事。榮獲第六十六屆坎城影展評審團獎。

「抱歉，露米爾這邊還是沒有原諒漢克，請拒絕他。」
我這麼一說，伊森便充滿玩心地笑著回答：
「露米爾有辦法拒絕我的邀請嗎？」
正式拍攝。
伊森真的太棒了。
「妳帶我這種半吊子的演員來是贏不了媽媽的喔。」
他精彩地表現出這場戲臺詞裡，漢克一邊點醒妻子，同時話語背後對自己所扮演角色的一種悲哀。
以這場戲為分水嶺，露米爾明白了她回家的真正意義，那是連自己之前也沒發現到的。
這是非常重要的一場戲。
露米爾最後的側臉特寫也很棒。

晚上，和福山他們去了立頓推薦的一間餐廳，叫做「SEPTIME」，之後前往是枝力推的「Plougastel」可麗餅店。福山跟我一樣，吃下簡單的鹹甜口味加上奶油和鮮奶油後所露出的「好好吃！」表情，沒有一絲虛偽。「對吧～～」我就像是自己做的一樣洋洋得意。福山跟我說：「導演好厲害喔，在這邊也是跟平常一樣地喊『預備，action。』，然後是丹妮芙在演戲。」雖然已經習慣這樣的模式，但仔細想想，這的確好超現實。

11／6

拍攝法比安一行人前往攝影棚。

漢克因為喝醉不記得昨天晚上說的話而尷尬。法比安則一個人心情很好。

法比安手邊（大概是在庭院撿的）拿著金黃色的銀杏葉。我讓這次「模仿」了許多人的夏洛特，在這裡也跟外婆一樣拿著銀杏葉（抵達法國時模仿母親，隔天早上模仿鳥鳴，晚餐時模仿父親，然後跟外公一起模仿綠野仙蹤的獅子）。如今，包含這個舉動，全都是她和母親一起對外婆演的戲的前導（我自己是這樣解釋）。儘管如此，無論是在車內，還是拍攝中不能開窗，或是克萊門汀就坐在眼前，凱薩琳依舊從頭到尾無所謂地在抽菸。

連日來，我已經習慣了二手菸攻擊，除了不再需要眼藥水外，也漸漸不再為頭痛所苦（也不知道這樣是好是壞），但在緊閉的車中，無論我再怎麼請他們揮手搧風，煙霧也不會那麼輕易地在鏡頭前消失。

車中，法比安提到了「好演員的姓名縮寫都是同一個字母」這個話題。

「蜜雪兒・摩根、西蒙・仙諾……」當她一一舉例後，司機也加入話題，「還有碧姬・芭杜。」漢克回應：「沒錯。」凱薩琳聽完後的反應是用法文以「這個嘛……」的意思說了句「bof bof」。這是讓知道這兩人關係不太好的觀眾稍微忍俊不住的橋段。碧姬・芭杜在法國是知名的愛護動物運動人士，我有個印象是某次採訪中，凱薩琳說：「我比較喜歡人，我不懂比起人來更喜歡動物的人的心情。」覺得她好直白。去年關於Me too運動，凱薩琳也發表了「男人有跟女人調情的權利」這種就個人而言非常像她風格的「大人」言論。儘管引發了爭議，卻依然貫徹這方面的價值觀。

當然，凱薩琳無論開會還是在錄音室都很稀鬆平常地帶著愛犬傑克，也理所當然地沒有在牠身上綁牽繩，讓傑克自由自在地奔跑，並非討厭動物；雖然偶爾會對畢諾許每個週末都去參加黃背心※示威、以與談來賓的身分參加地球暖化問題的電視節目這些事打趣，但兩人好像又感情融洽地一起出席了幫助難民的慈善活動。就像法比安在戲裡說的：「和我分手的男人沒有一個恨我的。」她既沒有被害意識，也沒有加害意識。我認為，凱薩琳認為男人和女人之間是五五波的攻防戰的這類想法，即使是在法國，就長久以來遭控制這個電影界的男人們惡劣對待、好不容易發聲的女性角度來看，也會有被說是：「妳或許那樣就好，但現在這種發言是搞錯時代了吧？」的風險吧。

凱薩琳斷言「香菸對身體沒有壞處」，她身旁也的確有種「她愛抽就讓她去抽吧」的氛圍。即使如此，我一面和她一起揮開鏡頭前的煙霧，便一面對如此將

黃背心
法國自二〇一八年起爆發的抗議政府運動。以政府提高燃料稅為導火線，抗議宗旨為稅制改革造成的負擔增加與生活費高漲。「黃背心」的起源是法國規定駕駛一定要配備在車上的螢光黃背心。

「我就是我」貫徹到底，卻（大概）完全不會遭旁人疏離，人生七十五年來的手腕，有愈發深刻的感受。

11／7

大家在法比安常去的餐廳一起用餐的戲，辭職的路克帶著孫子也齊聚一堂。

「可以把小孩交給你處理嗎？」我問伊森。「沒問題，我最擅長小孩子了。」他說。

「我大概要做些什麼？」「準備吸管，然後在紙袋上滴水，像動物一樣……」我拜託道。

「OK，瞭解。我有做過喔。」

伊森的回答令人非常放心。他幫我將小孩子們的注意力集中到他手邊，引導出他們自然的表情。

因為餐廳的設定是傳到兒子這代後，味道變差了，所以即使是稍微借用也對店家感到很抱歉。不過，這裡可以拍攝俯角鏡頭、可以潑水，還能拍到深夜，車流量也不多，是理想中的餐廳。

負責小道具的西蒙問我露米爾的甜點要用什麼，我請他準備我最近很喜歡的「île flottante」。這是道把蛋白霜浮在卡士達奶油醬上（福間告訴我，「île flottante」的意思就是「漂浮之島」），歷史悠久的簡單甜點。

這次電影拍攝時的伙食都是由外燴餐車來現場製作，必定有前菜、主菜、甜點，隨時都能吃到熱騰騰的食物，是日本劇組便當無法相提並論的奢華。在那些整齊排列的點心中，我發現了這道從沒見過的軟綿綿物體，挑戰後深深著迷。助導馬修說：「我從以前就最喜歡我媽做的這個，再多都吃得下。」

沒錯，漂浮之島口感清爽，就算肚子很飽也吃得下，要說危險，確實是道很危險的食物。但自從在這裡認識它之後，只要在餐廳菜單裡發現漂浮之島的蹤影，我一定會點。

晚上，為了明天的跳舞戲，我寫了封信給大家。

《法蘭索瓦與法蘭絲瓦》

明天大家要一起跳的這首曲子，是讓法比安成為法國家喻戶曉大明星的電影主題曲。

電影描述一對從命運般的相逢墜入情網的男女。

不久，故事會揭露這兩人的父母過去也是情侶……

是個反覆相遇、離別的過程後，有情人終成眷屬的愛情故事。

順帶一提，「法蘭索瓦」與「法蘭絲瓦」這個名字，誠如大家所知，就是《秋水伊人》中分開的男女主角為各自的小孩所取的名字。

不好意思，請大家把《法蘭索瓦與法蘭絲瓦》當成我擅自想像的續集。

以上，是沒有出現在電影裡的隱藏設定。

明天，讓我們拍一場愉快的跳舞戲吧。

11／7　是枝裕和

在石板路上灑水、雨過天晴。街頭樂手發現用完餐，從餐廳走出來的法比安，開始演奏她的代表作主題曲。行人聽見這首曲子後也紛紛聚集過來，大家一起跳舞——

瞬間，電影覆蓋了日常生活，也或是虛構浸透了現實。這場戲彷彿法比安還有露米爾最後透過虛構，抵達「真實的真相」之預兆。

我原本想像拍ＭＶ那樣，把鏡頭切得很細，但艾瑞克想連續拍攝，認為這樣比較能維持現場高昂的氣氛。我向艾瑞克解釋，就我個人而言，是因為很討厭之後要剪接時聲音出問題，但也覺得自己原先的想法的確有些保守，於是便取消了。

為了準備深夜拍攝，我開始暖身操。我抓著餐廳陽臺扶手做傾斜伏地挺身，結果腹部「啪」地一聲，傳來一股不對勁的疼痛。不知道是先前暖身不足還是太小看寒冷的關係，我的腰痛老毛病變得更嚴重了，拍攝結束後，不管走路還是坐下都很痛苦。我趕緊到藥局買了簡易護腰，把自己包得緊緊的，勉勉強強撐過這天。

然而，隔天開始連上廁所起身都很困難，睡覺也是趴著睡，咳嗽更是慘不忍睹。持續了一個星期每天拜託大家不要讓我笑的日子。由於疼痛不像從高中起就開始反反覆覆閃到腰時那麼劇烈，總算是沒有讓現場開天窗……

11／13

拍攝露米爾一邊哭著，一邊對漢克說原以為已經找回來的媽媽被「電影」搶回去了。

早上伊森找我，我來到今天場景舞臺的臥房。

「關於今天這場戲……」

該不會被發現這場戲在我的刪戲候補名單中了吧？我的心跳瞬間漏了一拍。

「感覺我的臺詞太多了……」

「是嗎？」

「導演，你之前有在信裡寫俳句對吧？你說不要把情感化成言語，而是將看到的景物直接描寫出來。若是這樣的話，感覺這場戲就是有點缺乏那種俳句的精神……我大概會靜靜地微笑，擁抱露米爾，給她一個吻，這樣不是很好嗎？如果是我的話啦……」

伊森一針見血的提議讓我佩服不已，我馬上回去刪減臺詞。最後，漢克看著哭泣的露米爾，只是坐在床上像是在說「過來吧」一樣，拍拍自己身旁的空位。

我真的很感激工作人員或是演員對劇本提出這樣的意見。這證明了我們以作品為中心，充滿生命力地發展出平面的橫向連結，而不是屬於上下、垂直領導的關係。

一直擔任達頓兄弟電影錄音師的尚皮耶·杜瑞，平常總是只在遠方以溫柔的眼神看著大家。有天早上，他來到我身邊。

「我覺得今天的戲臺詞有點多。」

只留下這麼一句話就離開了。

我和口譯蕾雅馬上盯著劇本尋找不必要的臺詞做刪減。杜瑞說「收音OK」的那句法文「ça tourne」極為好聽，完全不說一句多餘的話，只會在好的時候從遠處看著我，微笑豎起大拇指，真是太帥氣了。如果可以的話，我也想成為這種男人。

第八十七場，拍攝全家人一起前往出版派對的戲。攝影機捕捉的人數與中心點緩緩改變，艾瑞克的鏡頭在這裡也十分精準。

從三樓窗戶拍俯角鏡頭。

夏洛特邁開腳步離去，塞在口袋裡的黃色帽子掉了出來。

我在監看螢幕前小聲喊著：

「撿起來……帽子！」

但轉念一想，覺得似乎也可以讓帽子就這樣留在庭院，淡出畫面。

11／14

法比安將莎拉的洋裝送給來家裡的曼儂。

這場戲除了是法比安與莎拉和過去的自己和解外，同時也是聚集在此處的三個女人透過和同一個死去的靈魂戰鬥，心靈相通的一場戲，十分重要。

很抱歉的是，攝影棚內景都集中在拍攝後半段，法比安房子的拍攝則必須盡可能壓縮在前半段，使得曼儂開鏡第一場戲就是這段劇情高潮。儘管如此，為了習慣拍攝現場，我已經請曼儂來過這棟房子許多次，（尤其是因為她平常活動都以舞臺劇為主），雖然循序漸進，但她也慢慢放鬆了自己的狀態，所以我並不擔心。

如同我的期待，曼儂完美消化臺詞，表情也很棒，十分沉穩。當然，她內心一定非常忐忑不安，畢竟是和丹妮芙與畢諾許對戲。

我可以輕易想像對首度出演電影的曼儂而言，那是多麼大的壓力。

在這裡幫了大忙的，是法比安送給曼儂的洋裝。

服裝設計帕斯卡玲準備的洋裝黑底白領，樣式十分簡單，但就像真的有在五、六〇年代的法國電影中看年輕的凱薩琳穿過的記憶、又像是她年輕時海報女郎上的穿著，復古優雅，而且非常適合曼儂。曼儂換好衣服從門後現身時，在場所有人都緊緊盯著她，忘卻了呼吸。此時畢諾許啞口無言、無法言喻的「感覺」，之所以真實得完全感受不出那是演技，感覺有一半都是這件洋裝的魔力。

前幾天法比安在終場戲裡披著的黑色大衣也是如此，衣領上點綴的銀飾果然十分契合女王的大結局，精彩亮眼。這兩套衣服讓我再次深刻體會到服裝的強大力量。

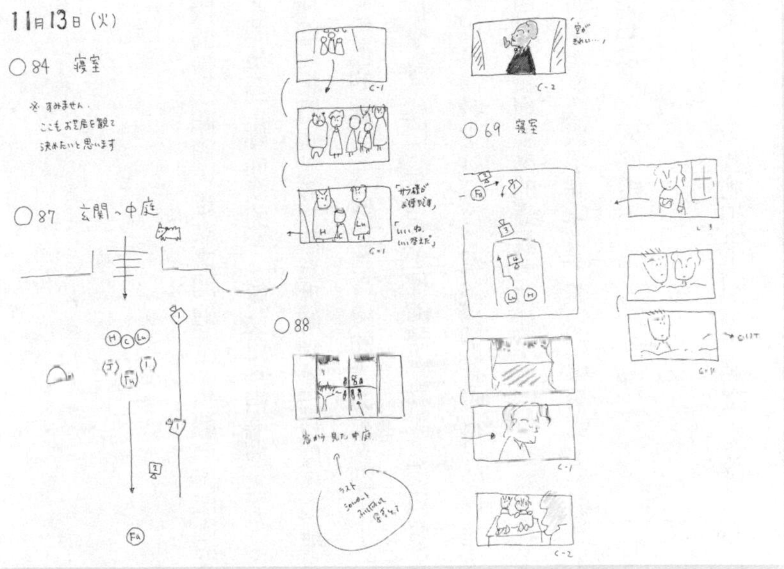
11月13日（火）
○84　寝室
※すみません、
ここもお芝居を観て
決めたいと思います
○87　玄関〜中庭
○88
窓から見た中庭
「サラ様が
お待ちです」
「いいね、
いい答えだ」
「空が
きれい…」
○69　寝室

11/16

今天是電影後半段的最大關頭，母女之間的「大和解」。法比安對女兒坦承：「魔法師的角色，我是為了妳而演的。」與女兒互相擁抱。

這是母親對女兒演的一場戲——該讓觀眾理解到哪種程度，很難拿捏分寸。「我是為了妳扮演這個角色的喔」、「妳也對身邊的人溫柔一點——」雖然當傑克在臥房裡為法比安按摩時，法比安接受了他的諄諄勸誡，但只有這些可以懂嗎？劇本原本有寫到，因為演戲中戲時，艾美說謊前會咬自己的髮尾，所以法比安接收了這個習慣，跨越現實與虛構的藩籬，含住頭髮。但凱薩琳說：「這個動作不會很奇怪嗎？」將咬頭髮改成了聞味道。雖然順序顛倒了，但為了配合這個改變，棚內景艾美的戲也改成了聞味道。

攝影師山崎裕※說要來探班，看我們拍今天這場重頭戲，我雖然心懷感激但也

山崎裕

山崎裕（一九四〇～）電影攝影指導。一九六五年，電影紀錄片《發現肉筆浮世繪（肉筆浮世絵の発見）》為其首部擔當攝影師作品。擔任多部電視紀錄片、電影紀錄片、廣告、電視劇、院線電影的攝影指導。參與了是枝裕和電影《無人知曉的夏日清晨》、《花之武者》、《橫山家之味》、《奇蹟》等作品。二〇一〇年，推出首部執導電影《軀體（トルソ）》。

覺得很危險。福山在這方面是非常謙虛而且會讓步的人，所以我完全不曾操心，但這場重要關頭的戲再加上山崎嗎……福間叮囑我：「請務必千萬要告訴他不能太靠近喔。」

雖然演員是這樣沒錯，但這次是連攝影師艾瑞克都對有自己以外的攝影師，更正確來說是有鏡頭在現場這件事都表示：「會干擾注意力，不喜歡。」之前只要負責花絮※的富樫攝影機一靠近，艾瑞克就會背過身，討論也會停下來，十分累人。因此，別說是正式拍攝了，花絮攝影機至今就連排練都不太能直接拍到演員演戲的樣子。

當然，山崎不會帶著攝影機來現場，但攝影師對攝影師的存在十分敏感，也完全無法保證山崎不會跟富樫說：「借我一下」，開始拿他的攝影機來拍。因為山崎就是個會做出這種事，「自由」得可以和凱薩琳媲美的人。

起初，山崎很客氣地在隔壁房或是隔著玻璃看演員排練，但不知該說是預料之中還是什麼的，山崎趁我眼睛一離開的空隙，便站到艾瑞克身旁，盯著凱薩琳

花絮
記錄電影拍攝、製作現場幕後的照片或影像，於DVD等媒材中做為特別收錄影像或是用於廣告宣傳。

瞧。

（不會吧！）

幾乎與我發現的同時——

「那個人是誰？」

凱薩琳指著山崎問。

（糟了！）

「其實，這位是從日本過來的攝影師，有拍過《無人知曉的夏日清晨》還有《橫山家之味》等等……」

話一出口，凱薩琳的表情便馬上柔和下來，排練結束後還主動接近山崎，跟他寒喧問候。

艾瑞克也是，面對山崎「你是用什麼底片？」這種突然的提問也爽快地回答，兩人還並肩拍了紀念照。

山崎裕，好驚人。

晚上帶他去Plougastel吃可麗餅吧。

凱薩琳和畢諾許前半段的表演十分順暢，但後半段母女擁抱的長鏡頭場景卻始終不順利。兩人怎麼樣都無法進入臺詞，也缺乏集中力。

一直拍到take 8，開始懷疑是不是我寫的臺詞哪裡有問題，但最後還是決定到限制時間為止，能做多少就做多少。

攝影助理法比安問我：「這裡要把焦點對在哪裡呢？是露米爾的正面還是法比安的側面？」

正常來說，最後在露米爾正面喃喃低語：「媽媽……」時，應該把焦點對在她身上才對……但下一幕若是轉到法比安在腦海中重新確認今天演過的臺詞時，就該對在法比安身上；若是接到臥房的露米爾，就要對在露米爾身上。

原來如此，雖然我之前天真地想說拍了之後再決定怎麼剪，但現在不決定不行了吧。

我這裡尊重拍攝時想到的點子（很少會失敗），請攝影助理把焦點對在法比安身上。

Take 9。

Take 10。

來到這裡，凱薩琳和畢諾許以令人不敢置信的集中力演出，簡直和剛才判若兩人。結束後的兩人似乎也明白這點，儘管我之後還是拍了反跳鏡頭和兩人背影的另一種角度，但應該會以最後這個take為主，能進行多少就進行多少吧。

11／27

棚內攝影。今天拍攝艾美的母親時隔七年，重新探訪十七歲的艾美的戲。艾美起身逃離母親身邊，打開房門走向自己的房間，徒留父親母親在原地。

露米爾看著這一切。

露米爾的視線追著艾美，移動到隔壁房的室內景。畢諾許強烈的眼神在這裡

『真実（仮）』スタッフ・キャストのみなさま

2018年11月25日　是枝裕和

短い秋があっという間に過ぎ去って、雪の心配をする季節が突然やって来ました。是枝は今日、厚手のセーターとくつ下と帽子を買いました。

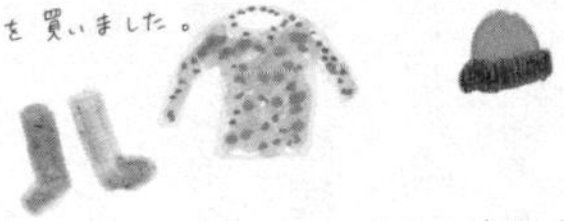

さて、家での撮影も無事に終って、いよいよ、来週からはエピネでの撮影が始まります。もう終盤戦ですね。今のところ…本当に素晴らしいキャスト、スタッフ、そして天気にも恵まれて、監督はとても満足のいく毎日を送っています。ありがとうございます。寒さのせいで少し腰を痛め、毎朝スタッフに心配されて情けないのですが、何とかゴールまで走り切りますので引き続きよろしくお願いします。

さて、この週末も編集をしたり、エピネの下見に行ったりして、脚本も少し又書き直しました。びっくりしないように大きなところだけ前もってお知らせします。

- 雨の車窓の実景は撮らないことに決めました。編集でカットの並びをちょっと変えたのですが、今撮れているもので充分です。
- スリー橋のミシェル・モルガンのアパートの実景は是非お願いします。
- 到着直後の予定だったシャルロットの窓辺のシーンは頭のつながりを考えて7日目の朝に変更。ベッドの中のカットが追加になります。
- エピネの本読み場所をテラスのある会議室から、元試写室に変更。合わせて、テラスのシーンも、建物0階入口近くの喫煙所に移しました。悩みましたが正しい選択だと思っています。合わせて階段→中庭に変更しました。

◎シーン27の楽屋をカットし、会話のいくつかは別シーンに分散しました。

◎「楽屋」のかわり、と言ってはなんですが、子供部屋のシーンをひとつ追加しています。リュミールとシャルロット、母と娘のシーン。6日目のラストに入る予定です。リュミールが母に翻弄されただけではない…という変化を「嘘」「演技」を通して母に投げ返すシーンになっています。どうぞよろしくお願いします。

依然鮮明無比，應該說她的情緒完全控制了整場戲，可以明明白白知道露米爾不只看到了攝影棚中展開的母女衝突，也在裡面看到了自己和母親衝突的影子。這就是畢諾許的實力吧。這次拍攝，有很多場戲艾美看起來像露米爾、像死去的莎拉，皮耶爾和夏洛特像過去的皮耶爾與露米爾，漢克和夏洛特像皮耶爾與露米爾，以這種重疊的方式呈現。因此，每一場戲的臺詞都寫得很簡單。由於開始在攝影棚中拍攝戲中戲後，大部分的場景都有這種安排，畢諾許能用這樣無言的鏡頭幫我降低呈現難度的門檻，真的令我感激不已。

11／29

拍攝在攝影棚裡讀本的戲。

法比安與安娜等待遲到的曼儂。請莎妮擔綱安娜一角是我獨斷的決定，儘管克麗絲生氣地說：「角色之間要平衡啊。」但我無論如何都想看看這幕雙人鏡

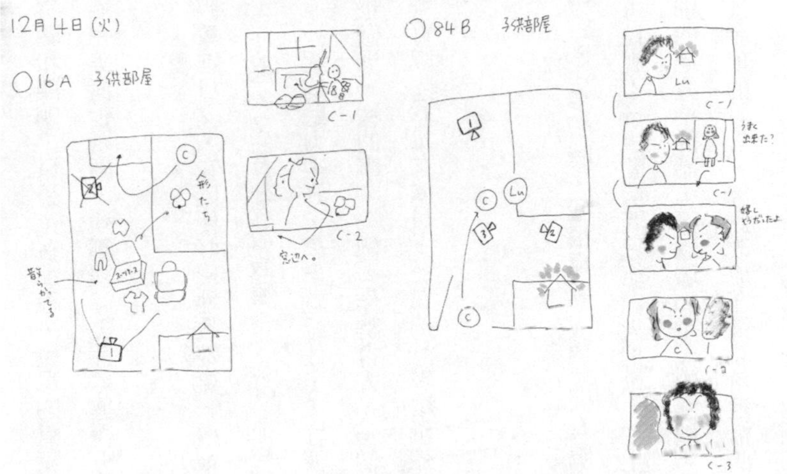
12月4日(火)
○16A 子供部屋
人形たち
散らかってる
C-1
C-2
窓辺へ。
○84B 子供部屋
Lu
C-1
うまく出来た?
嬉しそうだったよ
C-2
C-3

頭。莎妮的個性非常隨和開朗，只是待在那裡，現場的氣氛便會柔和起來，演技則是十分精準，也能完美消化臺詞，連哪裡該笑都掌握得分毫不差，幫了我一個大忙。

因為莎妮要我們教她日文，我們便好玩地教她要一邊敲著手錶一邊說：「えーまた、飯オシー（什麼，又要延後放飯囉……）」。跟她說來日本這樣說的話，會「很好笑」。莎妮的聽力很好，馬上就記住了，好演員都是這樣。

以前，裴斗娜※也做過一樣的事。一個人作勢打人，一個人則用手摀著臉說出「那句」——「不要打臉，我是女演員！」在拍片現場玩這種遊戲就是拍攝順利的證據。

拍攝讀本。來Epinay參觀時，我很喜歡二樓一間有陽臺的房間，建議在這裡拍攝，但副導尼可拉說：「這間房間只能白天拍攝，加上窗戶太多無法打光。如果可以想辦法在別的地方拍的話，可以增加半天的空檔。」我便接受了。陽臺是因為必須讓曼儂被發現的設計，因此改成在鋪設落地窗的吸菸室（凱薩琳龍心

裴斗娜

裴斗娜（一九七九～）演員，生於韓國首爾。一九九九年，以演出日本電影《七夜怪談》韓國版《夜半鈴聲》貞子一角出道。在是枝裕和電影《空氣人形》中擔綱主角。其他還有電影《貓樣少女》、《駭人怪物》、《道熙呀》，電視劇《超感8人組》等代表作。

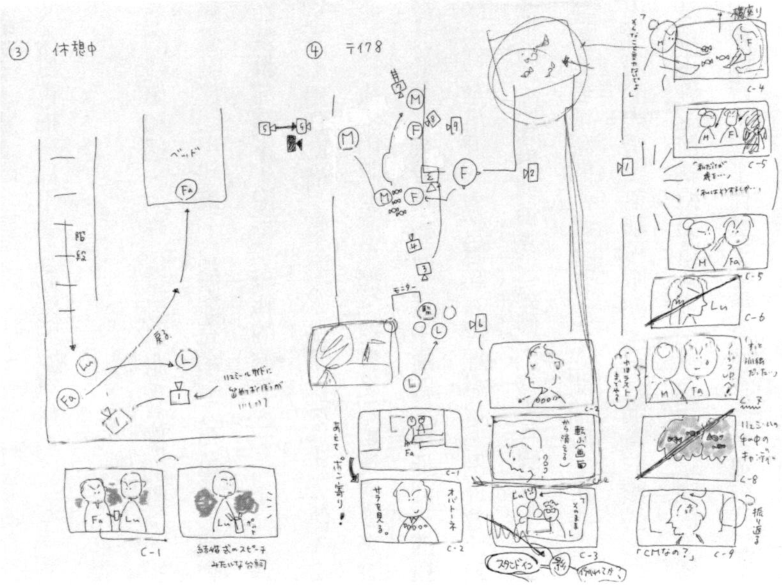
③ 休憩中
④ テイク8
ベッド
階段
モニター
C-1
C-2
C-3
C-4
C-5
C-6
C-8
C-9
結婚式のスピーチみたいな台詞
「CMなの？」
スタンドイン

大悅），讀本地點則改為日夜拍攝都不會有影響的原試片室。

拍攝法比安將眼前的曼儂和過去的莎拉重疊，眼神畏懼的戲。（膽小的）法比安害怕面對曼儂，連臺詞都記不起來，曼儂卻完全融入角色，形成對比。

——曼儂起身，在螢幕前讀本，流下了母親的淚水。

以防萬一，我還是為這場戲準備了眼藥水，拍了take 1、take 2。曼儂雖然將感情表現得很精彩，卻流不出眼淚。果然，對舞臺劇專業演員來說，如果不習慣這種拍攝切得很碎時必須在幾分鐘內將一度中斷的情感抓回來的模式，大概很難表演吧。最好將能三秒鐘落淚的大竹忍※和宮澤理惠※視為例外會比較好。

take 3，正式開拍前，凱薩琳悄悄靠近曼儂，在她耳邊低聲說了些什麼後回到自己站的位置。曼儂的表情瞬間為之一變。正式開拍時，彷彿迄今為止堵住的感情都一口氣宣洩出來般的表情、言語、眼淚，還有嘴唇的顫抖。

我喊下卡，在跟艾瑞克確認前就給出OK了。雖然知道這樣很不識趣，但我還是問曼儂：「凱薩琳剛剛跟妳說了什麼？」曼儂回答：「她跟我說：『沒事，

大竹忍

大竹忍（一九五七～），演員、藝人、歌手，生於日本東京都。高中時以電影《青春之門》踏入影壇，擁有《事件》、《啊！野麥嶺（あゝ野麦峠）》、《黑暗之家》、《鐵道員》等諸多代表作。在是枝裕和電影中演出《海街日記》。活躍領域橫跨電視劇、舞臺劇的日本代表女演員之一。

宮澤理惠

宮澤理惠（一九七三～），演員，生於日本東京都。十一歲即以模特兒出道，展開演藝活動。擁有《我們的七日戰爭》、《黃昏清兵衛》、《我的廣島父親（父と暮せば）》、《紙之月》、《幸福湯屋》等諸多代表作。在是枝裕和電影中演出《花之武者》。

不管拍幾次我都會陪妳。』但更重要的是，她突然碰了我這裡（上臂）。」她露出似乎抓到什麼訣竅的明朗笑容。凱薩琳果然不得了。

12／4

露米爾和母親擁抱後的戲。露米爾想到運用自己寫在劇本裡的「橋段」，主動套在法比安身上的畫面，修改了劇本。法比安曾經讓虛構的事物溢出到真實人生中一次，這次，換露米爾這麼做。母親和過去彼此都是用「演技」上演大和解，而夏洛特就身在其中。所謂「真相」到底是什麼，越來越令人捉摸不透了。

「因為有了這場戲，露米爾在這個故事中才獲得救贖，有所成長。」福間稱讚。這的確是個很大的發現。露米爾用「演技」回報母親的「演技」。

這大約是在兩週前拍攝時想到的點子，但考量到其他場戲的整合，我沒有公布讓所有人知道。

活用這場戲代表要剪掉漢克邀請哭泣的露米爾到床上的戲分。之後的事等剪接時再判斷吧。

我為故事尾聲加了一段敘述——露米爾為夏洛特摺的毛衣中，夾帶了棚內拍攝慶生戲時用的銀色碎紙花，有幾片落在了床上。這一幕對露米爾而言，蘊涵「生日」的意義。雖然大概不太會有人注意到這個細節，但這是屬於我自己的小小堅持。

12／5

中途慶功宴。凱薩琳、畢諾許和莎妮、曼儂也都和樂融融地參加了。我這絕對不是抱怨，但這種時候會場上擺放的菜色永遠都是火腿和起司，頂多再加上肉派（pâté），也就是只有冷冷的乾糧，再來就是紅酒，沒有要提供熱菜的意思。當然，擺放在檯面上的起司和火腿，其美味完全不是日本吃的那些所能比擬的，放在休息區裡的法國麵包與鹽奶油也好吃得讓人想再續盤，但……我還是想吃點蒸的或是炸的食物啊……這就是文化差異嗎？

慶功宴中間在攝影助理女人們的主導下變成了舞蹈時間。法比安的身體輕盈靈活，令人只能甘拜下風。平常總是溫和地坐在一旁，看似粗魯的錄音師尚皮耶．杜瑞，大方地動起一百九十公分的高大身軀，領著製作組的女助手，優雅流暢地跳起舞來。好想變成這種男人啊。這種時候，在文化差異外，我也開始用有些寂寥的目光，回顧自己從來沒有接觸「跳舞」文化的大半生。

12／8

法比安在連續ＮＧ後，於攝影棚一隅看著曼儂的亡靈，展現出神入化的演技——今天要拍攝這場棚內景的重頭戲。

凱薩琳一如往常地遲到，但似乎是昨晚在家裡跌倒了。走入休息室的凱薩琳，右眼下方周圍是一片深深的青綠色，右腳大拇趾似乎也有撞到，腫得厲害，連穿鞋都很吃力的樣子。儘管不是故意的，但凱薩琳發生的意外卻與描述在角色身上的狀況重疊了。

我和第一副導尼可拉說，這樣的話，今天是不是就不要拍了……結果事件本人從休息室傳話過來說她要拍。

總而言之，我們決定盡量用妝遮住瘀青，嘗試拍攝。攝影機開機後，看著凱薩琳的表情，我馬上有了「啊，這會成為特別鏡頭」的信心。

在最重要的鏡頭裡，凱薩琳展現令人難以置信的集中力，而且還是在take 1拍到了真真正正神乎其技的長鏡頭。大約一分四十秒。

當我喊下卡後，本人似乎也很滿意的樣子，露出了十分高興的笑容。

這天，大家在此起彼落的「凱薩琳今天好厲害！」讚嘆聲中離開了攝影棚。

12／10

拍攝第四十一天，剩下三天。

戲中戲的高潮。

迎接七十八歲生日的艾美對母親說出善意的謊言：「當妳的女兒真幸福……」法比安受到曼儂刺激，展現了精湛的演技。劇本裡寫了一場戲是，母親即興問法比安：「到明早為止，我們要做些什麼呢？」法比安回答：「我想去海邊，去多維爾海邊。」想在戲裡實現和莎拉無法實現的事，是現實（過去）與虛構的跨越。電影能表現傳達出多少呢？老實說，由於這一天即將面臨之後回到家中的最大重頭戲，我打算將戲中戲全部拿掉，露米爾輕輕衝進休息室說：「媽，妳剛才的演技太精彩了……」的處理方式也用可以剪接的方式來拍攝，當然，這些都對接下來要表演的演員保密。

不過，所謂演員，似乎常隱隱約約帶著「等一下演的戲大概會被剪掉吧……」的感覺表演，因此，也經常出現「只有導演自己看不到作品整體樣貌」這種丟臉的情形。

這次，是在餐廳外跳舞後的隔天早上。法比安隔著窗戶看著在中庭嬉戲的漢克與夏洛特，一邊和露米爾交談。

「你們昨天做了幾次？」母親提出「房事」問題，緊接著追問：「他厲害嗎？」

「比演技厲害吧。」女兒回應。

「傑克（丈夫）是做菜比較厲害。」母親和女兒相視而笑。

其實，劇本上還有後續——

露米爾：「過了四十歲生小孩，帶小孩好累。要是再早點生就好了。」

法比安：「我那時或許是有點太早了。」

路：「是嗎？」

法：「當時還沒有當母親的覺悟……」
路：「覺得要是沒生小孩的話就好了？」
法：「我沒那樣說。」
路：「……」
法：「我從來……沒有那樣想過。」
路：「……」

讀本的時候這段也很好。然而，晚上母女倆透過演戲暫時和解，這樣安排的話，氣氛可能從一早就變得有點太沉重，所以我決定把這段放在刪戲候補名單中。

不過，在拍之前刪戲的話，畢諾許應該都會說：

「要不要拍了之後再考慮？以演員的立場來說，我想先拍。」

刪戲時，凱薩琳基本上都會很高興，畢諾許則會顯得為難，是很有趣的對比。

拍攝一結束，凱薩琳便靠了過來。

「剛剛那場戲會用嗎？這兩個人會不會有點和好得太快了？」

「對啊，我也這麼想。我是先暫且拍下來……」

話一說完，她便理解似地翩然離去了。

有趣的在後頭。

後來有一天，我們在棚裡吃飯時，畢諾許對我說：

「導演，關於那場陽臺的戲……」

我有點緊張。

「凱薩琳和我打賭會不會留下來，她賭不會，我賭會。你決定後要跟我們說喔。」

也就是說，凱薩琳是確認過我的意思後才去找畢諾許打賭的。

凱薩琳這種調皮或者該說是有點耍小聰明（雖然這樣講不太好聽）的地方看起來也那麼有魅力，是因為我已經徹底成為她的粉絲了吧？

12／11

今天的戲是法比安從曼儂身邊逃開，躲進停在攝影棚中庭的車內，不肯出來。由於場景是白天，必須趕在下午四點前拍攝完畢。總共七個鏡頭，法比安的臺詞也非常多，然而，她今天還是遲到。副導尼可拉一臉擔心。

「好像已經從巴黎的家裡出門了。」

「聽說她昨晚喝到很晚的樣子。」

工作人員間流竄著不確定的情報。

在遲到了三十分鐘左右，凱薩琳抵達片場。平常這個程度還在預期之內。

我和蕾雅被叫到休息室，和凱薩琳開早（午）會。休息室裡播著震耳欲聾的搖滾樂，凱薩琳坐在鏡子前，換上長袍，開始梳化。她對坐在地上的蕾雅說：

「妳不要坐在那種地方，好好坐在沙發上。那個藍莓很好吃喔，我從市場買過來的，吃吧。妳看這個面膜……裡面有金箔，比電影裡用的還高級。蕾雅……妳看《燃燒烈愛》※了嗎？很好看耶。他還拍過其他什麼片？」

今天的會沒有談到劇本內容，我也馬上回到現場了。

12／12

第五十四場戲。法比安與露米爾在後臺休息室。

曼儂拿著冰登場，以這場戲做為殺青。

露米爾問法比安：「演戲時想起母親了嗎？」

法比安回答：

「記憶這種東西不可靠，會一直改變。」

我試著用這句話反映出麥斯納否定方法演技的「表演論」。

《燃燒烈愛》

《燃燒烈愛》，二〇一八年，韓國出品。導演：李滄東；主演：劉亞仁、史蒂芬．元。故事從目標成為作家的青年偶遇兒時玩伴開始，展開了一連串幻想懸疑的劇情。改編自村上春樹的短篇小說《燒掉柴房》。

雖然我不太可能讓角色對彼此面對表演的態度展開論戰，卻試圖不經意地帶出他們各自的不同之類的。當夏洛特長大成人後，有一天大概會驀地想起，將其活用在自己身為「演員」的表演上吧。這次的拍攝經驗，似乎也讓克萊門汀本人在將來眾多夢想中，加了「演員」這個選項的樣子。而我光是想像她之後回憶時會怎麼看待和這兩名重量級演員一起演出的事便樂趣無窮了。

電影拍攝平安落幕。最後一天，大家向演員們獻花，拍紀念照。這點和日本一樣。

雖然在異國的「航行」暫時迎向了終點，但其實航程還有一半。因為還有剪接工作在身，我完全無法鬆一口氣。儘管如此，大家都沉浸在一股愉悅的成就感中，是因為這是個很棒的拍攝現場吧？

我得打造一部不會背叛大家這份滿足感的作品才行。

後記

我是在二〇一九年八月二十五日寫下這段文字的。電影《真實》已經完成，後天便要為了在威尼斯影展上映再度「出航」。

其實，自殺青起，經歷剪接、聲音後製到完成為止的六個月裡，發生了比拍攝前、拍攝中還要多的故事。其中有令人變得不想再相信他人的插曲，也有使人想去相信電影的那種情節，我想將來有別的機會再來分享。無論如何，唯一可以肯定的是，《真實》以我能接受的型態完成了。

這個故事的構想源自十六年前，如同這本日誌所寫，改寫成現在這個母女故事的形式，也是四年多前的事了。

因此，「要拍成一部看完後心情舒暢的作品」的這種心情從最初便有，與去年在準備這部電影時過世的樹木希林沒有任何直接的關係。

儘管如此，時隔一年今天才發現，我之所以會有股強烈的執念，無論如何都想把這部電影當成一首讚歌，大概是因為想利用這股執著去對抗自己失去希林這位電影創作夥伴的失落感吧。

獻給希林——若是這麼說，大概會被取笑：「別講那種難為情的話啦。」我自己也覺得在心情上可能也確實有點不同，但若問起最希望讓誰看到這部電影的話，希林毫無疑問會是我第一個提起的名字吧。

若能實現這個心願，我想再次和希林一起吃個壽司。

「欸，丹妮芙怎麼樣啊？」

當她有點不懷好意地問起時，我會像是「就在等妳這句話」一樣，跟她說起拍片現場的大小趣事。

嬉文化
在這樣的雨天：圍繞是枝裕和的《真實》二三事
（こんな雨の日に 映画「真実」をめぐるいくつかのこと）

著　者／是枝裕和
注釋協力／粟生こずえ
發 行 人／黃鎮隆
副　理／洪琇菁
執行編輯／劉銘廷
企劃宣傳／邱小祐、劉宜蓉
文字校對／施亞蒨
編輯協力／福間美由紀
譯　者／洪于琇
副總經理／陳君平
國際版權／黃令歡、李子琪
美術編輯／王羚靈
內文排版／尚騰印刷事業有限公司

出　版／城邦文化事業股份有限公司 尖端出版
台北市中山區民生東路二段一四一號十樓
電話：（〇二）二五〇〇—七六〇〇
傳真：（〇二）二五〇〇—二六八三
E-mail：7novels@mail2.spp.com.tw
發　行／英屬蓋曼群島商家庭傳媒股份有限公司城邦分公司 尖端出版
台北市中山區民生東路二段一四一號十樓
電話：（〇二）二五〇〇—七六〇〇（代表號）
傳真：（〇二）二五〇〇—一九七九
中彰投以北經銷／楨彥有限公司（含宜花東）
電話：（〇二）八九一九—三三六九
傳真：（〇二）八九一四—五五二四
雲嘉經銷／威信圖書有限公司 嘉義公司
電話：（〇五）二三三—三八五二
傳真：（〇二）二三三—三八六三
客服專線：〇八〇〇—〇二八—〇二八
南部經銷／威信圖書有限公司 高雄公司
電話：（〇七）三七三—〇〇七九
傳真：（〇七）三七三—〇〇八七
香港經銷／城邦（香港）出版集團有限公司
香港灣仔駱克道一九三號東超商業中心1樓
電話：（八五二）二五〇八—六二三一
傳真：（八五二）二五七八—九三三七
E-mail：hkcite@biznetvigator.com
新馬經銷／城邦（馬新）出版集團Cite（M）Sdn. Bhd.
E-mail：cite@cite.com.my
法律顧問／王子文律師　元禾法律事務所
台北市羅斯福路三段三十七號十五樓
二〇二〇年五月一版一刷

■中文版■

郵購注意事項：
1. 填妥劃撥單資料：帳號：50003021戶名：英屬蓋曼群島商家庭傳媒(股)公司城邦分公司。2. 通信欄內註明訂購書名與冊數。3. 劃撥金額低於500元，請加附掛號郵資50元。如劃撥日起 10～14日，仍未收到書時，請洽劃撥組。劃撥專線TEL：(03) 312-4212 ・ FAX：(03) 322-4621。E-mail：marketing@spp.com.tw

國家圖書館出版品預行編目資料

在這樣的雨天：圍繞是枝裕和的<<真實>>二三事 / 是枝裕和作. -- 1版. -- [臺北市]：尖端出版：家庭傳媒城邦分公司發行, 2020.05

面； 公分

譯自：こんな雨の日に 映画「真実」をめぐるいくつかのこと

ISBN 978-957-10-8844-0(平裝)

861.57　　109001787